ENGANCHADA

RANCHO STEELE - LIBRO 4

VANESSA VALE

Diseño de la Portada: Bridger Media

Imagen de la Portada: Bigstock: marconicouto, fotorince; Deposit Photo: cokacoka

¡RECIBE UN LIBRO GRATIS!

Únete a mi lista de correo electrónico para ser el primero en saber de las nuevas publicaciones, libros gratis, precios especiales y otros premios de la autora.

http://vanessavaleauthor.com/v/ed

ILDER

MONTANA EN ENERO ERA JODIDAMENTE FRÍA. DESPUÉS DE UN día montando motos de nieve bajo el sol brillante, pero cerca de temperatura cero, se sentía bien estar sentado enfrente de una fogata, con un whisky en mano. Éramos amigos de Micah y Colt, los guías turísticos que nos habían llevado a pasar un día asombroso dentro del bosque nacional. No había nada como ver los espacios naturales sentado sobre doscientos caballos de fuerza, pero cuando regresamos al Desembarque de Hawk, donde nos estábamos hospedando el fin de semana con King, descubrimos que el espacio interior era igual de salvaje.

Un hombre en pantalones de cuero y suéter negro llevaba a una mujer con una correa. Ella vestía una falda roja de cuero del tamaño de una tirita y un corpiño negro que hacía que sus senos desafiaran la gravedad. Sí, una correa. Tenía un collar en el cuello y estaba contenta de seguir al hombre unos pasos detrás, con la mirada hacia abajo, mientras seguían su camino hacia el salón de conferencias del centro turístico, que había sido convertido en un calabozo para el encuentro de sadomasoquismo. Un grupo de la ciudad de Billings había rentado el complejo turístico durante el fin de semana —excepto por nuestras dos habitaciones—. Una dominadora, que llevaba botas negras con tacones de aguja y camisa de látex, tenía a un hombre arrastrándose detrás de sí en la misma dirección hacia el salón del complejo turístico. Afortunadamente para él, la chimenea de piedra de doble altura estaba encendida y el calor se había puesto un poco más intenso de lo usual, ya que él no traía nada puesto, sino una jaula de metal sobre su pene. La vista me tenía contrayéndome y moviéndome en el sofá de cuero. No me importaba tener una mujer jugando con mi pene o mis pelotas, pero me gustaría un contacto más cercano —y la posibilidad de venirme—.

Desafortunadamente, la única mujer que quería en cualquier lugar cerca de mi pene no sería capturada ni presa de fetichismo. No, ella era demasiado dulce, demasiado pura. Demasiado inocente para algo tan salvaje y perverso como lo que estaba pasando esta noche. Sarah Gandry era la mujer con la que me quería casar, no la mujer que follaría en un calabozo. Bueno, yo *quería* follarla básicamente en cualquier lado, pero resulta que no éramos compatibles. Al menos, eso era lo que ella pensaba. Yo la encontraba jodidamente inteligente, hermosa y perfecta. Oh, y la amaba.

Mierda, mi pene se movió dentro de mis pantalones con solo pensar en ella. Tenía el cabello negro, el cuerpo perfecto y estaba muy "follable". Nunca olvidé sus labios carnosos. Sí, podía ser que ella no tuviera mi pene bajo su dominio ni fuera a estar dirigiéndolo por años.

Y no solo a mí, ella también tenía a King obsesionado con

su vagina. Y eso que no habíamos llegado a ningún lugar cerca de esa vagina suya.

"Cuando escuché sobre el evento de sadomasoquismo de este fin de semana, lo iba a cancelar, pero pensamos que no te importaría que esto pasara", dijo Micah, recostándose hacia atrás en el sofá de cuero gigante, con sus pies sobre la mesita del centro y su trago de whisky reposando sobre su pecho. Él señaló con la cabeza hacia el evento fetichista que estaba aconteciendo en la habitación detrás de él; el golpeteo de una base profunda de unos clavos de nueve pulgadas se silenció. "A pesar de que ya no vives este estilo de vida, no te molestas por ello. No vas a decir una mierda de lo que ves".

King se encogió de hombros en la silla que estaba a mi lado, levantó su vaso en señal de salud. Los muebles estaban colocados en forma de U en frente de la fogata; Micah, de frente a esta directamente; nosotros perpendicularmente.

King sonrió. "¿Molestarme?". Demonios, no. Solo deseamos que nuestra chica estuviese en esto como nosotros, aunque ninguno de nosotros había estado en un evento como este desde hacía mucho tiempo. ¿Y por dejar que alguien mire? No me importa lo que hagan los otros, lo que sea que haga flotar su barco y todo eso. Pero si…".

"Cuando…", dije, cortándolo.

"…cuando" —se corrigió a sí mismo— "…tengamos a nuestra chica a nuestro lado, no la vamos a compartir con otros. Ni una parte de ella. Ni su hermoso cuerpo ni los sonidos que haga o cómo luzca cuando se viene".

"De ninguna maldita manera", añadí, cabreándome con solo pensar en algún bastardo mirando a Sarah así. "Nos pertenece a nosotros".

Sí, *nuestra* chica. King y yo habíamos sido mejores amigos desde el jardín de infancia y habíamos querido a Sarah por años, incluso antes de que, siquiera, fuera legal. La hemos vigilado por más tiempo que eso. Siendo seis años mayores, habíamos esperado nuestro tiempo —puede que fuésemos unos fetichistas, pero no fuimos por ella en ese momento— hasta que Sarah terminara la universidad y regresara a Barlow, para salir a una cita. Por separado, para no asustarla. Cenas, películas, bolos. Besos castos en la puerta de su casa.

Dios, fueron dulces, pero fue casi imposible no empujarla contra la puerta de entrada, forzar mis muslos entre sus piernas y sentir el calor de esa vagina, incluso a través de mis pantalones, mientras tomaba su boca en su beso reclamador. Eso era lo que quería hacer con ella: hundirme dentro de ella y perder la cabeza, hacer que ella perdiera la suya.

Pero ella no estaba interesada. No respondió al roce de mis labios contra su frente o por toda la comisura de su boca. Sin jadeo, sin apretones de dedos en mis bíceps. Sin levantar su rostro hacia el mío para más.

No, no estaba interesada en las atenciones tiernas que cualquiera de los dos le mostrábamos y, al final, nos desechó, uno detrás del otro. Extraño, porque estábamos seguros de que ella sentía algo por nosotros. Cada vez que nos acercábamos, el interés incendiaba sus ojos y sus mejillas se ponían rosadas. Y cuando la recogía en la puerta, estaba ansiosa, pero para el final de la cita, nada. King dijo que le había pasado lo mismo.

El rechazo nos había herido, y aún lo hacía. Era confuso porque, justo hasta que la llevaba a su puerta, habíamos pasado un buen rato. Estar con Sarah se sentía como estar en casa. Siempre era sencillo, sin silencios nerviosos. Nos conocíamos el uno al otro muy bien. Y aun así… nada de deseo. Nada de pasión como yo había esperado. Como King había esperado también. Sin embargo, eso no significaba que dejáramos de quererla. No, nosotros éramos hombres que obtenían lo que querían, y queríamos a Sarah. Solo teníamos que ser pacientes y pensar en nuestro próximo plan de conquista.

Micah sonrió. "No sabía que tenían una chica. Felicidades".

La sonrisa de King desapareció. "No la tenemos", protestó él. "Bueno, la *tenemos*, pero ella no lo sabe todavía". Le dio un sorbo a su bebida. "Nosotros queremos una relación como la tuya".

"¿Qué?", Micah frunció el ceño, de repente se puso cauteloso. "¿Con una estrella de películas?".

"Maldición, Micah, nos conoces mejor que eso", le dije. Obviamente, él protegía a su esposa. "No nos importa una mierda que Lacey sea famosa. Nosotros queremos a una mujer para compartirla como lo hacen tú y Colt. Como Matt y Ethan también", añadí, refiriéndome a los dueños del complejo turístico. Los dos hombres también compartían a una mujer. Rachel.

"No solo cualquier mujer, nosotros queremos compartir a Sarah", aclaró King, levantando un dedo de un lado de su vaso y señalando. "Solo tenemos que descubrir cómo obtenerla".

Jodidamente cierto. Ahí había interés, incluso cuando se había negado a tener más citas. Sus ojos se iluminaban cuando me veía —y yo pasaba por la biblioteca por más que libros—, pero eso no la atraía para otra cita. No tenía sentido.

"Cuéntame sobre ella", dijo Micah, tomando un sorbo de su bebida. Su anillo de bodas de oro brillaba con la luz de la fogata y yo estaba envidioso como la mierda por ese simple signo externo de su compromiso con Lacey.

Me llevé una mano al rostro, dándome cuenta de que, probablemente, debí haberme afeitado porque mi sombra de barba de las cinco en punto ya se estaba convirtiendo en una completa barba. Habíamos regresado del paseo en las motos de nieve, nos habíamos bañado en nuestras habitaciones, nos comimos una gran comida en el restaurante y ahora nos estábamos relajando alrededor del fuego. Lo único mejor para esto hubiese sido si Sarah estuviera aquí con nosotros. Entre nosotros. *Debajo* de nosotros.

"Ella creció en Barlow con una madre loca y un medio hermano más joven. Cómo ella resultó normal, no tengo idea", le dije, preguntándome si su madre estaba con su tercer o cuarto esposo en este momento. Quizás, incluso, el quinto. Cambiaba de esposo tan rápido como la mayoría de las personas cambiaba el aceite de su auto. En vez de trabajar, se casaba con hombres ricos, se divorciaba de ellos para recibir una buena resolución y seguía adelante.

"Sarah fue a la universidad en Bozeman, volvió y obtuvo el trabajo como la bibliotecaria del pueblo cuando la señorita que había estado ahí desde siempre se retiró", añadió King. Se inclinó hacia adelante, agarró la botella de whisky que habíamos traído de la barra del hotel y llenó su vaso con cerca de dos dedos del líquido ámbar. Se había cambiado su abrigo pesado de invierno por una camisa de franela azul, pantalones vaqueros y botas de cuero. Su cabello pálido estaba peinado hacia atrás luego de su baño, pero se había enrollado en las puntas por el calor de la fogata.

"Inteligente y la sonrisa más increíble que puedas ver alguna vez". Si Micah quería saber sobre Sarah, le contaríamos. "Ella es pequeña, ni siquiera me llega al hombro". Levanté la mano como para medirla. "Cabello negro liso que le llega a la mitad de la espalda. Curvas en todos los lugares correctos". Mi mano se movió para imitar la forma de un reloj de arena.

"No olvides el maldito hoyuelo", añadió King. Los ojos de Micah se volvieron hacia King mientras señalaba su mejilla derecha. "Ese maldito hoyuelo puede poner a un hombre de rodillas".

"Pero ella no está interesada", repitió Micah.

King suspiró y yo tomé un largo trago de mi bebida, dejé que me quemara en su paso hacia mi estómago.

"No", dijo King. "La invitamos a salir, por separado. No queríamos asustarla con nuestras intenciones de reclamarla juntos, a pesar de que la conocíamos desde siempre. Excepto por ustedes, chicos aquí en Bridgewater, no es como si tener a dos hombres interesados en ti sea la norma. Unos pocos hombres que conocíamos en Barlow también compartían a una mujer, pero Sarah no sabía sobre eso. Lo esperará. Ella estaba interesada. Lo sé. Lo sentí, lo vi en sus ojos, a pesar de que me rechazó en la tercera cita".

"Yo también", añadí. Tuve que preguntarme si se había asustado, si nosotros, de alguna manera, la habíamos presionado demasiado. Quizás era porque su madre era tan... descarada con las afecciones a sus hombres que había hecho que Sarah se inhibiera. Yo estaba dispuesto a ir tan lento como ella lo necesitara, tanto tiempo como lo *necesitara*. Por nosotros.

Suspiré. Era jodidamente frustrante porque yo la amaba. La deseaba. La *necesitaba*. Habíamos esperado el tiempo suficiente y ahora... ahora me estaba volviendo loco.

Micah puso su vaso sobre un portavaso en la orilla de la mesa. "Si no le gustan a ella, entonces ¿por qué no ven si hay alguna soltera en la fiesta? No hay nada malo con rascarse esa comezón con una mujer dispuesta si están solteros. Especialmente, ahí está esa con necesidad de dominar". Su mirada se levantó y miró por encima de la cabeza de King, hacia el área de la recepción. "¿A ustedes, chicos, les gustan bajitas y con curvas? ¿De cabello oscuro? Hay una mujer hablando con Rachel que encaja en ese perfil".

Solté una risa. "A pesar de que mi pene está cansado de mi mano", admití, "no tiene ningún interés en...".

"¿Qué demonios?", dijo King en voz baja. Se removió en su asiento y estaba mirando hacia el escritorio de la recepción.

Yo giré por su tono de voz y por la forma en que sus ojos,

prácticamente, se estaban saliendo de su cara. Mi cerebro no podía procesar lo que estaba viendo, aunque las palabras se cayeron de mi boca.

"De. Ninguna. Maldita. Manera".

Sarah. En persona. Y un montón de eso del sadomasoquismo. Una falda negra de látex capturaba la luz y la hacía relucir. El corte era ancho, como… como una falda de los cincuentas sin el armador hinchado debajo. Demonios, yo no sabía una mierda de faldas. Esta caía a unos cuantos centímetros encima de sus rodillas. No era indecente, pero nunca antes había visto tanto de las piernas de Sarah. Nunca. Los zapatos negros que llevaba tenían unos pequeños tirantes adelante, casi del estilo de una colegiala, aunque los tacones altos no se parecían en nada. Solo mostraban mejor la tonicidad de las piernas. Y eso era solo su mitad inferior. Tenía puesta una camisa blanca remilgada, pero era lo suficientemente corta para mostrar una tira estrecha de su cintura pálida y atada en el frente. Solo la vi de perfil mientras hablaba con una mujer detrás del escritorio de la recepción, asumía que era Rachel y, podría decir, que una serie de botones estaban desabrochados. Demasiados. Su cabello liso estaba recogido en una trenza sencilla, como si deseara que alguien se la agarrara fuerte mientras le subía la falda y la follaba desde atrás.

Me levanté de golpe del sofá, acechando a su alrededor. Escuché pisadas detrás de mí y supe que King me había seguido.

"Sarah", dije. La única palabra salió disparada de mi boca como una bala y eso la hizo girar en sus tacones.

Sus ojos hermosos se ensancharon, la boca se le cayó, su piel pálida se puso casi blanca, luego se sonrojó del mismo rojo que llevaba en sus labios.

Mirándome de frente, vi más de su atuendo. Mientras su falda la cubría, su blusa no lo hacía. Era como si hubiese tomado una de sus blusas de bibliotecaria, se saltó abrocharse los botones y se la amarró en la parte inferior para mantenerla cerrada. Debajo, había un sujetador negro de encaje que se podía ver a través de la parte abierta de la tela blanca. Pero eso no era todo. Porque la blusa era delgada y era descaradamente obvio que el sujetador era de estilo media copa, o sea, que no cubría sus pezones, porque podía ver su color oscuro y lo duros que estaban a través de este. Y si podía ver, entonces…

Mi mandíbula se apretó y mi pene se hinchó en mis pantalones.

"Wilder", suspiró ella. Miró a la izquierda, luego a la derecha, como si estuviese considerando las vías para escaparse.

Me sentí más que visto cuando King llegó a colocarse a mi lado.

"King", añadió ella, su lengua rosada saliendo para lamer sus labios.

Me crucé los brazos por encima de mi pecho.

"¿Qué están haciendo aquí?", preguntó ella, su voz era una mezcla entre seductora, entrecortada y el chirrido de Minnie Mouse. Sus manos se fueron hacia su falda, alisándola hacia abajo, aunque no lo logró, luego fueron a su blusa, juntó las dos mitades.

"¿Somos nosotros los únicos que no quieres que vean tus pezones?", pregunté, señalando con mi barbilla para indicar su repentina modestia. Me cabreaba porque esa piel hermosa, esas curvas exuberantes, estaban hechas para King y para mí. Y estaba alardeando de ellas para que otros las vieran.

Sus ojos se estrecharon y golpeó la punta de su pie sobre las baldosas del suelo. "Estoy aquí para la noche de sadomasoquismo".

Era el turno de King de mirar alrededor. Vi la forma en

que su mandíbula estaba marcada. "¿Viniste con alguien aquí? ¿Tu dominante?".

Ella no tenía un collar alrededor de su cuello, el signo evidente de que había sido reclamada. La idea de que hubiese tenido un hombre al lado…, un maldito dominante, me hacía poner de color rojo. A pesar de que solo habíamos salido, y casualmente por eso, yo o los dos, esperábamos una completa y total monogamia. Pero ya no estábamos saliendo. Eso había sido hacía meses.

Yo estaba contento de que King hiciera la pregunta porque todo lo que quería hacer era cargarla por encima de mi hombro, llevarla a mi habitación y que los dos le mostráramos cómo podían llenarla dos hombres. Pero ella no quería eso. ¿O sí quería?

La deseaba, y para más que una follada rapidita. Quería todo de ella. Sus sonrisas, sus lágrimas. Sus alegrías y tristezas. Todo el maldito asunto. Pero se escondía de nosotros, eso parecía. Se había escondido malditamente bastante, y no quería pensar que esos grandes senos llenarían más que las palmas de mis manos. Nos habíamos mantenido alejados porque habíamos creído que ella era una cosa, una virgen tímida, demasiado tímida, para manejar nuestras necesidades más oscuras, pero ¿ahora? De ninguna maldita manera.

Parecía que ella tenía necesidades más oscuras. Grandes secretos.

La amaba y había descubierto la verdad de Sarah, pervertida y todo. Y si ya tenía un hombre, alguien que le diera lo que necesitaba, entonces… bien. No, no estaba jodidamente bien. Pero al menos ya sabía la verdad. Nosotros no éramos sus amantes, pero me gustaba pensar que éramos sus amigos. Merecíamos honestidad, por lo menos.

"No…, soy amiga de Rachel". Sarah señaló a la mujer que nos estaba observando atentamente por encima de su hombro. Rachel nos dio una pequeña sonrisa y un saludo con el dedo. "Ella me contó sobre el evento y yo decidí, um…, echarle un vistazo".

Ningún hombre. Ningún dominante. Gracias al cielo. Suspiré para mis adentros, pero no habíamos terminado. ¿Ella quería *echarle un vistazo* a la noche de sadomasoquismo? Eso significaba… "Princesa, si querías que unos hombres te dominaran, todo lo que tenías que hacer era pedirlo. No tenías que recorrer todo el camino hasta Bridgewater".

La boca se le cayó y cerró unas cuantas veces como si no supiera qué decir. La habíamos llamado "princesa" por años, pero ahora, eso significaba algo diferente, algo más. Rachel, detrás de ella, se rio. A pesar de que mi mirada no se separó de Sarah, vi a Micah moverse para recostarse contra el escritorio de registros. No estaba seguro de si estaba ahí para vigilar a Sarah —a pesar de que él sabía que nosotros nunca le pondríamos una mano encima de la rabia— o evitar que Rachel saltara y protegiera a su amiga, aunque ella no parecía demasiado preocupada. De cualquier manera, estaba contento de que él estuviese ahí. Era hora de llegar al fondo de… todo, y Micah nos conocía, conocía las reglas del juego del sadomasoquismo.

Los ojos oscuros de Sarah pasaron de los míos a los de King y de vuelta. "Hombres. ¿Ustedes se refieren a… qué?".

Sonreí, di un paso más cerca. A pesar de que nos conocíamos desde hacía mucho tiempo, parecía que había algunas cosas que necesitábamos aclarar".

Como el hecho de que nuestra mujer lo quería salvaje. Ella no quería algo suave, como habíamos sido con ella. Ahora era jodidamente obvio. Ella estaba usando un maldito sujetador abierto.

"Pero…".

La corté. Hasta ahora ella nos había guiado. Era hora de cambiar.

"¿Tienes miedo de nosotros?".

Ella frunció el ceño. "¿De ti y de King? Los conozco desde siempre. Por supuesto que no".

"¿Confías en nosotros?", añadió King.

Sus ojos oscuros se movieron a los de él.

"Sí". Su respuesta fue inmediata, sin titubeos o segundas suposiciones.

"Micah, ¿escuchaste eso?", pregunté, observando a Sarah.

"Lo hice", respondió él.

"Bien". Micah escuchó que Sarah confiaba en nosotros, que estaría a salvo con nosotros. Mientras que no le lastimáramos ni un solo cabello de su cabeza, habíamos entrado al sadomasoquismo sin haberlo esperado y necesitábamos seguir cierto protocolo. Micah sabía que Sarah estaba con nosotros, que ella verbalmente había compartido con él y con Rachel que confiaba en nosotros, que no tenía miedo de estar con nosotros.

Listo.

Así que hice lo que había querido hacer desde… siempre, me agaché y me la llevé sobre el hombro. Me giré, me dirigí hacia las escaleras centrales en camino a las habitaciones de los invitados en el segundo piso. Sus manos me golpearon la espalda baja mientras yo cubría sus muslos para mantenerla inmovilizada. "¡Wilder!".

Me detuve a mitad del pasillo por todo el gran salón. "¿Cuál es tu palabra de seguridad, princesa?".

Ella se quedó callada y en silencio. Esperé. Esperé un poco más. No iba a hacer nada hasta que Sarah supiera que estaba consintiendo esto, que nosotros le daríamos exactamente lo que quería, lo que ella necesitaba y nada más.

"Rojo".

El alivio me recorrió todo el cuerpo con esa única palabra. Continuando hacia mi habitación, King tras nuestros pasos, supe que nada iba a ser lo mismo otra vez.

Tenía a Sarah en mis brazos y nunca la iba a dejar ir. Ella podía decir *rojo* y todo se detendría, pero por primera vez, habíamos hablado de esta mierda. Y hasta que ella no dijera esa única palabra de seguridad, nos pertenecía a nosotros. Ella haría lo que nosotros dijéramos o le daríamos nalgadas en el trasero. La haríamos nuestra, sin importar lo perverso que ella lo deseara.

2

ARAH

Rojo. *Rojo*. Nunca antes tuve una palabra de seguridad. Nunca me imaginé que me harían esa pregunta. Nunca me imaginé que *Wilder* me haría esa pregunta. Dulce, pensativo, intenso, taciturno Wilder. Pero lo había hecho.

Yo estaba vestida como si me dirigiera a una fiesta con un montón de expertos sadomasoquistas y en la cual, efectivamente, había estado, hasta que Wilder me lanzó por encima de su hombro y se dirigió en la dirección opuesta.

A pesar de que puede que luciera lista para ponerme de rodillas para un dominante en la fiesta, las apariencias eran engañosas. Me *gustaba* lo perverso. Yo *estaba* interesada en el sadomasoquismo. Yo *estaba* interesada en aprender más sobre esto, en si había algo que pudiese pasar en la fiesta que me calentara, que me hiciera desear que un chico me hiciera lo que sea que viera en mí. Puede que no hubiera tenido sexo antes, pero sabía lo que quería.

Lo quería salvaje. Fuerte. Quería ser colgada de cabeza, amarrada, inclinada, arrodillada. Quería todo eso no porque hubiera leído un montón de novelas románticas o haya mirado porno.

No, lo quería porque…lo *quería*. Desde siempre supe que yo era un poco diferente. Nunca jugué con mis muñecas de Barbie a casarme. Ponía sus manos juntas detrás de su espalda con una banda elástica. No les ponía trajes lujosos. Las dejaba desnudas. Tuve pensamientos oscuros, incluso, antes de que supiera realmente lo que era el sexo. No podía explicarlo, todavía no podía, pero simplemente sabía que estaba conectada de manera diferente. No había ninguna otra forma en la que pudiese pensar para explicarlo. Y no podía hablar con mis amigas sobre eso. *¿Por qué querría ser colgada de cabeza y ser follada?* Sí, eso no hubiese salido bien en una pijamada.

El misionero no era suficiente, incluso, para mi primera vez. Y por eso era que nunca antes *tuve* sexo, ni una primera vez. No encontré al chico indicado que supiera lo que yo necesitaba, o con el que yo me sintiera lo suficientemente cómoda para *decirle* lo que necesitaba.

Y eso incluía a Wilder y a King. Estuve enamorada de ellos desde que tenía trece años, desde el verano anterior al séptimo grado. La primera vez que los vi fue en la recepción de la tercera boda de mi madre. Este sería el matrimonio con un ranchero rico, el vecino de la familia de King. Como mi madre se casaba con alguien local —en ese momento— todos en Barlow fueron invitados. Todo el mundo fue a la boda, también Wilder y King.

La única razón en la que pude pensar por la cual los dos chicos de diecinueve años querrían ir a la recepción de una boda era por el acceso fácil al alcohol. Fue cuando Danny Sayers me llevó detrás de un árbol, puso su mano sobre mi apenas desarrollado pecho por encima de mi blusa y yo lo empujé que ellos aparecieron y le dieron un susto de mierda. A pesar de que no le habían puesto un dedo encima al pobre Danny, aprendió la lección sobre cómo tratar a una señorita —incluso a una de trece años— y cuando no significaba no. Él estuvo en mi clase todo el tiempo hasta la graduación, pero no me habló ni una vez después de ese día. Apenas me miraba.

Durante toda la escuela, nunca había pensado en él o en ningún otro chico. Todo lo que veía, con estrellas adolescentes en mis ojos, era a Wilder y a King. Sí, a los dos. Quizás esa fue la primera señal de que supe que era diferente. Me gustaban dos hombres. Y ellos eran *hombres*. Altos, musculosos, intensamente concentrados. Uno moreno, el otro rubio. Uno delgado, el otro ancho. Hermosos. Durante años me había tocado a mí misma, me había hecho venir con las fantasías de ellos tomándome, tocándome. Demonios, follándome.

Cuando se trataba de mis orgasmos, nadie más lo haría, eso parecía.

Mi fijación de mi juventud se tornó en amor adulto. Para el momento en que regresé de la universidad a casa y me instalé en mi trabajo en la biblioteca del pueblo, los veía frecuentemente. Wilder era un lector ávido particular e iba a chequear libros varias veces a la semana.

El pueblo era pequeño y era difícil perderlos, a ellos o a alguien más. Aparte de la biblioteca, veía a King frecuentemente en la tienda, a veces en la gasolinera e, incluso, en el dentista —el papá de Wilder solía ser mi dentista, pero una mujer compró el lugar cuando él se retiró—.

Puede que yo haya estado fuera del alcance de ellos durante un largo tiempo, pero la diferencia de edad ya no era importante. Yo tenía veintitrés años. Una mujer mayor de edad. Afortunadamente, ellos ya no me miraban como si fuera una niña. Sus miradas eran siempre oscuras, acaloradas. Interesadas. No tenía dudas sobre eso.

Tuve citas, pero ninguno resultó de mi interés y nunca alguno se convirtió en un *novio*. Entonces, salí con ellos.

Primero me invitó a salir Wilder, y yo estuve muy emocionada. Nerviosa y emocionada, esperando que él hiciera todo lo que me había imaginado. Pero él fue… dócil. Caballeroso, apacible. No vi la mirada de un hombre que quería devorar a una mujer. Nos divertimos, una vez fuimos a los bolos y en otra oportunidad a un picnic a la orilla del río. Me gustó su conversación, su personalidad. Me hizo reír. Me gustó… no, amé todo de él, excepto que no hubo química.

Fue exactamente lo mismo con King cuando me invitó a salir al mes siguiente. Tuvimos un par de citas. Me mostró su amabilidad. Fue… dulce. Blah.

Sus besos fueron castos. Sin lengua, sin sensaciones. Sin arrebatos. Aunque no fue molesto, tampoco fue caliente. No me puse húmeda. Mis pezones no se pusieron duros. No hubo ningún tipo de entusiasmo.

Mientras que mi corazón y mi vagina podían estar enamorados de ellos, mi cabeza me dijo que no. No iba a estar atrapada con un hombre que no me excitara sexualmente, que no me diera lo que yo necesitaba, aunque yo no supiera exactamente lo que fuera eso.

Por esa razón, los rechacé para futuras citas. Eso fue duro. Muy duro, el invierno siguiente, eterno y aburrido. Hubo lágrimas involucradas, montones de donas y vino. Montones de ataques cardíacos cada vez que los veía en el pueblo, cada vez que Wilder venía a la librería. Pero Rachel —mi amiga de la universidad— me había invitado a ir al fin de semana de sadomasoquismo en el complejo turístico que dirigía con sus esposos, para que me uniera a la fiesta y me divirtiera. Ella dijo que no tenía que hacer nada, que nadie me tocaría sin permiso. Eso me confortaba y tenía que buscar la posibilidad más allá de Barlow para encontrar a un hombre que me pusiera húmeda, que lo hiciera salvajemente. Bridgewater no estaba tan lejos y si alguna vez iba a encontrar a alguien, tenía que salir de ahí. Quedarme en mis pijamas con un libro y un chocolate caliente no lo iba a hacer.

A pesar de que Rachel y sus esposos no estaban metidos en el sadomasoquismo o, al menos, no en un grupo organizado, ella *tenía* dos esposos. Dos. Así que para la fiesta de esa noche, ella iba a ser mi acompañante y Matt y Ethan serían los de ella —como si esos hombres gigantes y dotados la fueran a dejar a un lado—. Solo estuvimos observando, aunque no tenía duda de que al final de la noche, con su bebé dormido, estarían en su habitación teniendo su propia fiesta privada de tres.

Sin embargo, Rachel me había dicho que no podía aparecer con mi atuendo usual de pantalones gastados y blusas y se ofreció a ordenar ropa en línea para mí, solo para la fiesta. *Ropa* no era la palabra correcta para lo que le habían enviado. Retazos de tela, eso es lo que habían pagado mis setenta dólares. A pesar de que la falda de campana de látex caía hasta la mitad de mis muslos, fue el corpiño que me había conseguido lo que me hizo enloquecer. El sujetador solo llegaba a la mitad de la copa y debió de haber sido una pieza a mitad de precio porque faltaba la mitad del material. ¡Mis pezones no estaban ni siquiera cubiertos! Cuando me lo puse y me vi en el espejo, cuestioné nuestra amistad. ¿Por qué Rachel creía que me iba a sentir bien con algo tan revelador enfrente de una sala llena de extraños? ¿Y sus esposos? Dios, casi me morí pensando en Matt y Ethan viéndome así. Nunca más sería capaz de mirarlos a los ojos otra vez.

Por eso era que me puse mi propia blusa otra vez y me cubrí, aunque me veía como una Britney Spears bajita con curvas. Puede que quisiera observar la fiesta desde los costados, pero no tenía planes de hacerlo con mis pezones expuestos.

Para hacer que el asunto empeorara, Rachel no tenía un atuendo especial. No, ella llevaba unos pantalones y una camiseta del Desembarque de Hawk, y me decía que sus hombres no la dejarían exhibir su cuerpo a nadie que no fuese ellos. Seriamente cuestioné nuestra amistad.

Había esperado ver cosas interesantes en la fiesta. Me había preparado a mí misma para no mostrar expresión de sorpresa u horror o demasiada curiosidad, dependiendo de lo que hicieran las parejas. No estaba en mi lugar juzgar o cuestionar aquello que los adultos eligieran hacer con su consentimiento, especialmente, porque estaban en relaciones sólidas y confiaban lo suficiente en el otro para participar en el evento de sadomasoquismo. Yo ni siquiera tenía una relación.

Así que cuando vi al tipo con su pene en una celda arrastrándose hacia la fiesta, siguiendo a su ama, no estaba *demasiado* sorprendida. Pero no esperaba ver a Wilder y a King. *Ellos* fueron un completo impacto. Juraría que mi corazón dejó de latir cuando escuché la voz de Wilder decir mi nombre con un tono profundo y oscuro.

Prácticamente, hiperventilé observándolos mientras cruzaban el gran salón, con sus ojos concentrados directa y únicamente en mí. Mi corazón empezó a latir dos veces, las palmas de mis manos se humedecieron, mis pezones se endurecieron y mi vagina se puso húmeda entre una respiración rápida y la otra.

Ellos estaban sorprendidos de verme, sí. Pasmados, incluso. Espere repulsión, lástima e, incluso, vergüenza en sus expresiones mientras me estudiaban con mi atuendo de zorra, pero no.

No. El calor acumulado lo usé para verlos a los ojos

cuando me miraron. Solo que más caliente. Más brillante. Más obvio.

Ellos me deseaban. Era obvio, incluso para mí.

Y ahora yo estaba lanzada sobre los hombros de Wilder y todo lo que podía ver era su hermoso trasero, los pantalones que llevaba lo moldeaban perfectamente.

"Wilder", dije de nuevo.

Vi las piernas de King abajo, sus botas, mientras caminaba detrás de nosotros. Wilder se detuvo, se movió a un lado y fue cuando las piernas de una pareja vinieron y pasaron desde mi vista de cabeza que supe que no estábamos solos en el pasillo de arriba. Como el complejo turístico estaba lleno únicamente con los invitados que estaban participando en las actividades del sadomasoquismo de este fin de semana, ellos probablemente no pensaron nada de la mujer que iba sobre los hombros de un hombre. *Eso* era domar.

Wilder comenzó a caminar otra vez. "Esto es lo que va a pasar, princesa", comenzó él.

Dios, siempre me encantó cuando me llamaban así.

"Vamos a ir a mi habitación y tú nos vas a decir qué demonios está pasando. Tienes tu palabra de seguridad. Úsala. De cualquier manera, haces lo que nosotros digamos. ¿Entiendes?".

Estaba callada mientras procesaba sus palabras, rebotando por sus hombros.

"Princesa, respóndeme". Una ligera cachetada se sintió en mi muslo superior. Nada doloroso, pero hormigueaba. Y fue realmente caliente.

"Sí, entiendo", respondí, diciéndole la palabra a su espalda baja.

Él hizo una pausa y escuché una puerta abrirse. Fue hacia una habitación, la luz se encendió, King cerró la puerta detrás de nosotros. Escuché el chasquido del cerrojo mientras me bajaba de vuelta a mis pies. Mis manos fueron inmediatamente a mi falda, alisándola por todos mis muslos. La mano grande de Wilder permaneció sobre mi cintura mientras yo me ajustaba para estar derecha otra vez. Pude sentir los callos contra la franja desnuda de mi vientre.

A pesar de que había fantaseado frecuentemente con lo que sería estar sola en una habitación de hotel con Wilder y King, jamás pensé que de verdad pasaría.

Había una cama de tamaño gigante, una mesa pequeña, una silla y un mueble pequeño con un televisor pantalla plana encima. El motivo de decoración era del Oeste con montones de madera, incluyendo la cabecera de la cama. Las alfombras y cortinas eran de azul oscuro; una pintura grande de un paisaje del Oeste colgaba sobre la pared cerca del baño. El cuarto era justo como el mío, aunque yo tenía una cama más pequeña.

King se movió para pararse al lado de Wilder, hombro a hombro una vez más. Pero en este espacio, en vez de la sala de doble altura, me sentía pequeña. Diminuta, de hecho. Di un paso atrás y King suspiró por mi retroceso. Él se movió hacia la cama, se sentó en el borde. Wilder lo siguió, se sentó a unos centímetros de distancia. Tuve que voltearme para continuar mirándolos, pero ahora estaban de mi tamaño y ya no tan imponentes.

"¿Te gusta el sadomasoquismo?", preguntó King, con su mirada recorriendo cada centímetro de mí, luego se quedó sobre la mía. Fijamente.

Me lamí los labios. "Quizás".

"Buena chica, me gusta la verdad".

"¿Por qué iba a mentir?", le pregunté a King, ladeando mi cabeza a un lado.

"¿Por qué nos esconderías la verdad?", devolvió él.

Mis ojos se estrecharon, estudiándolos. King era rubio, su cabello era del color del trigo. En el verano, se aclaraba por el sol. Sus bigotes eran un poco más oscuros, y aunque no se acababa de afeitar, tampoco llamaría barba a lo que se asomaba en su mandíbula cuadrada. Esto solo lo hacía lucir más rústico. Eran sus ojos, tan pálidos, casi del color del hielo, lo que me había cautivado todos estos años. Y todavía lo hacían.

Y con respecto a Wilder, él era el héroe alto, moreno y atractivo de las novelas románticas. Su cabello estaba más largo, enrollado, pero no despeinado. Sus ojos eran oscuros, su mirada intensa. Él era el serio, mientras que King era más alivianado, pero por la forma en que los dos me estaban mirando ahora, estaban igualmente concentrados.

Eran grandes. Tan grandes. De hombros anchos, pero King era más ancho, como el jugador de fútbol que había sido una vez. Wilder era más delgado, pero no menos musculoso. Él me recordaba a un atleta con su físico torneado. Los dos eran más de una cabeza más altos que yo; yo solo les llegaba a las barbillas, y eso era mientras llevaba puestos estos tacones ridículos. Quería recorrerlos a los dos con mis manos, sentir esos músculos moverse y agruparse, escuchar el latido de sus corazones, sus respiraciones profundas. Quería acercarme lo suficiente para respirar sus aromas. A King le gustaba un jabón que olía como el bosque mientras que Wilder no adicionaba ningún tipo de aroma. Quería poner mi nariz en la curva de sus cuellos e inhalarlos.

Y sus labios… los había sentido. Suaves, cálidos, pero amables. Demasiado amables. Quería todo su poder. Sin restricciones.

Yo solo los quería… a ellos. Los amaba, siempre lo había hecho y ahora que estaban sentados frente a mí, sabía que siempre lo haría.

"¿La verdad?", pregunté. "No lo estaba escondiendo de ustedes específicamente, sino que es privado, algo que solo quiero compartir con mi…". Me quedé muda, apartando la mirada. Avergonzada.

"¿Con quién, princesa? ¿Con tu amante?", preguntó Wilder.

Asentí, agradecida de que él dijera la palabra por mí. Pero yo no tenía un amante. A pesar de que la habitación no estaba fría, estaba más agradable que el gran salón con la chimenea maravillosa. Se me puso la piel de gallina sobre los brazos.

"¿Qué te gusta? ¿Ataduras? ¿Látigos? ¿Nalgadas? ¿Fustas?", preguntó él.

King añadió a la lista. "¿Anal? ¿Pinzas de pezones? ¿Sumisión profunda como amo/esclava?".

Mis ojos se volvieron a los suyos ante lo último. *¿Esclava?*

"¡No!", respondí rápidamente. No quería ser la esclava de nadie, ni estar bajo el pulgar de nadie. Había tenido suficiente de eso con mi madre. Yo solo anhelaba a alguien que… me hiciera olvidar. Que me aclarara los pensamientos que eran como telarañas de mi mente y que me llenara la cabeza con nada más que él. *Ellos.*

"¿No?", preguntó King, sus ojos bajaron a mi pecho otra vez. Su mirada se acaloró, el azul se oscureció. "Tu atuendo definitivamente dice *algo*".

Levanté mi barbilla a la defensiva. "Mi atuendo no dice *esclava*. Además, yo me puedo poner lo que quiera". Aunque ni muerta me iban a encontrar en este atuendo otra vez. Dios, era lo suficientemente humillante con estos dos viéndome así. Se suponía que venir al Desembarque de Hawk iba a ser anónimo. No hubo mucho de eso.

"Eso es cierto, tú puedes. Tu atuendo no dice esclava, porque una esclava estaría desnuda".

Mis ojos se ensancharon ante esa aclaratoria.

"Pero si estás ofreciendo lo que muestra ese atuendo, entonces no hubieses venido hasta Bridgewater, princesa", dijo King, señalando a mi ropa. "Como dijo Wilder, todo lo que tenías que hacer era pedirlo y nosotros nos hacíamos cargo de ti".

Me jalé la camisa para cerrarla, después me di cuenta de que podía abrocharme los botones ahora. Rachel no se iba a burlar de mí por ser una mojigata en el evento de sadomasoquismo. Ella no tenía derecho de hablar con su camisa de golf unisex y pantalones. Definitivamente ya no éramos amigas.

Titubeando con los botones, terminé con ellos, así que estaba cubierta de algodón blanco desde el cuello hasta el dobladillo anudado. Lo jalé hasta ahí, tiré del moño y dejé que la blusa cayera para que me cubriera la banda de la falda en mi cintura, y ahora al menos la mitad de arriba estaba cubierta.

Los hombres estaban callados y me observaron hacerlo. Solo cuando bajé las manos a mis lados dijeron: "Todavía podemos ver tus pezones, princesa. Esa tela delgada es prácticamente transparente y el sujetador no hace nada para esconderlos", dijo Wilder.

Me crucé de brazos por encima de mi pecho, sentí los puntos duros que ellos habían visto. Usualmente traía puesto mi sujetador de color piel, el que tenía relleno. Pero ¿una copa negra a la mitad? Dios, ¿dónde estaba el resto para cubrirlo?

"Eres hermosa, princesa", añadió King. "Nos gusta verte vestida así. Es jodidamente sexy. Es solo que no nos gusta verte vestida así en frente de otros".

"¿Demasiado posesivos?", pregunté, tamborileando con mis pies de nuevo.

King sonrió. "Demonios, sí. Esos senos de fresa son solo para nosotros. ¿Esa piel pálida por tu ombligo? Solo para nosotros, para lamerla y besarla". Sus ojos bajaron más, su sonrisa se deslizó. "Y esas caderas…".

"Perfectas para agarrarlas mientras te folle desde atrás", añadió Wilder.

"O agarrarlas mientras se sienta sobre mi cara", añadió King.

"Pero…", farfullé, confundida y casi asustada por sus palabras. O al menos de esas palabras viniendo de *ellos*.

Mis mejillas se incendiaron por una razón diferente. Estaban hablando sucio. Realmente sucio. Sobre mí. Sobre hacerme cosas a mí. Había soñado con ellos hablándome así, pero nunca lo habían hecho. Hasta ahora.

"¿Te gustan esas cosas, princesa? ¿De nosotros haciéndote esas cosas a ti?", preguntó Wilder, su voz más alta, más exigente.

Estaba nerviosa, confundida, abrumada. Estaba pensando en Wilder agarrando mis caderas mientras me follaba desde atrás, pero cuando King añadió lo de su boca sobre mí mientras yo… Dios, no podía pensar. Se me escapó: "¡No lo sé!".

"Eso es cierto", dijo Wilder, su voz calmada. "Tú no lo sabes, cierto, princesa, porque tú has sido una buena chica y nunca has dejado que un hombre tenga lo que nos pertenece a nosotros. Esa vagina está ajustada y nueva, tu cereza solo espera que la tomemos".

3

"¡Sí!", DIJE, CUBRIENDO MI ROSTRO CON MIS MANOS, demasiado asustada de mirarlos ahora que había admitido la verdad. ¿Qué tan triste era que había esperado todo este tiempo por ellos, para algo que yo ni siquiera sabía que ellos querían tanto como yo? Respiré profundamente. "No puedo... No puedo hacer esto". Me giré de los talones para irme, para esconderme. Para correr.

King dio un paso a mi alrededor, bloqueó la puerta. "Di tu palabra de seguridad, princesa, y te dejaremos ir. De cualquier otra forma, harás lo que te digamos".

"No hemos hecho nada para necesitar una palabra de seguridad", contesté. Me temblaban las manos y mi corazón estaba latiendo frenéticamente. No estaba haciendo ejercicio, pero sentía como si hubiese corrido una milla.

La mano de King se acercó, sus nudillos acariciaban mis mejillas suavemente. Él había hecho un gesto similar cuando me había invitado a salir en una cita el verano pasado, pero esto se sentía… diferente. Que la simple caricia fuera un precursor para más y no *todo* lo que había pensado hasta entonces.

"Algunas veces hablar sobre las cosas duras es suficiente", me dijo. "Sabes que te estamos presionando, ¿cierto?".

Miré su camisa de franela azul, noté cómo los colores combinaban con sus ojos, aunque dudaba que se la hubiese puesto por tal razón. "¿Por qué?".

"Porque estás en una fiesta de sadomasoquismo usando el atuendo más jodidamente atrevido que haya visto nunca. En el verano pasado, ni siquiera te gustaron ningunos de nuestros besos de buenas noches. ¿Quién es la verdadera Sarah Gandry?".

¿Quién era la verdadera Sarah Gandry? Esa era una buena pregunta.

"¿Cuál es tu palabra de seguridad?".

"Rojo".

King dio un paso acercándose más, con sus manos yendo a los botones que acababa de abrochar en mi camisa. Lenta, pero hábilmente, deshizo el primero. Se encontró con mi mirada. "Tú no quieres suave".

Suspiré, no estaba segura de si era porque eso era exactamente lo correcto o si era porque sus nudillos frotaron mi piel sobre mi clavícula mientras se movían hacia el segundo botón.

"Ustedes tampoco", contesté.

"No, nosotros tampoco. Tú quieres que alguien se haga cargo, que no espere que tú digas que está bien. Tú le dirás *rojo* cuando no lo esté. Nosotros seremos esos hombres".

Mis párpados se cayeron mientras él se movía al siguiente botón, relajándose porque tenía razón. Eso era exactamente lo que quería y parecía que él me lo iba a dar, un botón a la vez. Mientras que yo no quería a nadie que se pusiera encima de mí, yo quería que él... dirigiera, que probara mis límites, mis deseos en un ambiente seguro, sabiendo que yo podía decir que no a través de mi palabra de seguridad en cualquier momento. No quería decirle lo que quería a un hombre porque yo no sabía lo que era *eso*.

"Sí", suspiré.

Sentí a Wilder detrás de mí, con sus manos yendo a mis hombros y cuando King terminó con el último botón de mi blusa, deslizó la tela hacia abajo para que cayera al suelo sobre nuestros pies.

Seguía sin abrir los ojos. No me molesté en hacerlo. Sabía, incluso con la luz tenue, que ellos podían ver mis senos, podían ver los pequeños aros de oro perforados a través de ellos. El sujetador negro no cubría nada y levantaba todo. Pude sentir sus miradas sobre mí.

"A la mierda, Sarah", dijo King, con su voz profunda y áspera. "¿Por cuánto tiempo has tenido los aros?".

"Dos años", respondí.

"Jesús, ¿te hemos visto por el pueblo y tú has llevado estos hermosos anillos de pezones puestos todo ese tiempo?".

Asentí. ¿Qué más podía decir?

"¿Cada vez que usabas esa ropa puritana de bibliotecaria tenías esto debajo?". Él exhaló, como intentando calmarse.

"¿Algún límite fuerte, princesa?", gruñó Wilder; sus labios rozaban todo mi hombro.

Inclinando mi cabeza a un lado, le di más espacio. *Más*.

"Yo... no lo sé". Hice una pausa. Pensé, incluso mientras me besaba y su lengua lamía mi piel. "Um, no quiero ser orinada".

Sentí la sonrisa de Wilder contra mi hombro, escuché la risa de King. "Eso es bueno. Nosotros hubiésemos sido los primeros en decir rojo si tú lo hicieras".

"Nada del juego de asfixiarse. Y no creo que me guste ser golpeada".

Me estremecí ante la posibilidad. Yo había visto las manos de King y las de Wilder, lujuriosas después de que me tocaban, pero eso no significaba… nop.

Dedos me rozaron por encima de mis pezones expuestos y mis ojos se abrieron. King llevó sus nudillos por encima de las puntas sensibles. "Qué buena chica, diciéndonos esto. ¿Por qué no dijiste nada en el verano pasado?".

"¿Qué? ¿Que soy virgen, que me gustaba estar con dos hombres y cosas pervertidas, pero no quería ser golpeada?" Era mi turno de reírme. "Sí, ustedes hubiesen corrido más rápido que una liebre".

"Olvidaste los aros de los pezones", dijo King, descendiendo su mirada, luego llevándola de vuelta a la mía, besó mi sien, luego mi mejilla, luego la esquina de mi boca.

"Cierto, yo pude haber… pude haber mencionado esos también". Donde había estado fría hacía un minuto, ahora estaba cálida. Caliente, incluso. Con ellos a cada lado, sus labios rozándome por todos lados, me sentía apretada, pero no claustrofóbica. Me sentía envuelta. Me sentía… excitada.

"Nos estás diciendo estas cosas ahora y no estás corriendo", añadió Wilder.

Incliné mi cabeza a un lado, lo miré por encima de mi hombro. Sus ojos oscuros estaban justo ahí, observándome. Estudiándome. Prestando mucha atención como si cada respiración, cada movimiento que yo hiciera fuese importante.

"¿Me estás diciendo que me deseas, que quieres hacer… cosas conmigo?", pregunté.

Manos fueron hacia la parte alta de mis brazos y fui volteada suavemente. Wilder se inclinó hacia abajo, encontró mis ojos con los suyos oscuros. "Demonios, sí".

"Entonces, ¿por qué actuaron tan caballerosos y… buenos en esas citas? ¿Y por qué me invitaron a salir por separado?".

"Somos unos caballeros, princesa. No solo en la cama",

dijo King, halando los pequeños aros de los pezones con sus dedos haciendo que se levantaran y se cayeran. Lo sentí dentro de mis pezones y por todo el camino hacia mis dedos de los pies. "Nos hemos conocido desde siempre, sabemos lo dulce, amable, inteligente y cariñosa que eres. No queríamos asustarte".

Presioné los labios. "Gracias por decirme la verdad", dije, repitiendo sus palabras de más temprano. "Pero ¿no debería decidir yo lo que me asusta? ¿No soy yo la única que diría rojo?".

La sonrisa de King se torció.

"Lo que queremos hacer contigo, hacerte a ti, si tú supieras…". Comenzó Wilder, luego lo dejó caer.

Me volteé para mirarlo, para mirar sus ojos. "Si yo hubiese sabido, hubiese tenido más citas con los *dos*".

Wilder me agarró, me atrajo hacia sus brazos para un abrazo fuerte. Colocó su barbilla en la parte superior de mi cabeza, la sensación suave de su camisa contra la mitad de mis senos desnudos y pezones se sentía extraña, pero bien. Íntimo. "Maldición, princesa. Finalmente te tengo en mis brazos. ¿Crees que te voy a dejar ir? De ninguna maldita manera. Eres mía".

"Nuestra", añadió King.

La esperanza se alzó como en la película *Arriba.* Tanto de eso que sentí que podía levantar toda una casa. "¿De verdad?", pregunté, felicidad corría por mis venas junto con la corriente de excitación. Había querido escucharlos decir eso desde que tenía trece años. Había soñado sobre eso, me había tocado pensando en eso. Y ahora… no tenía ninguna intención de ir a ninguna parte. Dios, los deseaba.

Con los brazos de Wilder enrollados a mi alrededor, él me llevó de vuelta a la cama y esta vez, se sentó a mi lado; su peso hundió el colchón así que me incliné hacia él. "Hemos sido demasiado buenos, ¿cierto? ¿Lo quieres salvaje? Es nuestro trabajo dártelo. ¿Lo quieres suave y lento, que tomen tu cereza en un movimiento lento y húmedo? Es nuestro trabajo dártelo".

"No quiero eso", dije, asegurándome de que supiera.

"¿No quieres que tomemos esa cereza dulce?".

La idea, pensar en el pene de Wilder llenándome, abriéndome, rompiéndome me había hecho ponerme, incluso, más húmeda. Mis bragas se habían arruinado antes, pero ¿ahora? Empapadas.

"Sí quiero. Sí que *lo* quiero. Yo he… Yo he estado guardándolo para ti, como tú dijiste. Esperando que fueras tú".

"¿Wilder o los dos?", preguntó King, sentándose en el otro lado, así que estaba entre ellos, justo donde quería estar.

Me sonrojé ardientemente, pero ahora que las cosas se habían dicho, parecía que ya no quedaba ningún espacio para secretos. "Los dos".

Quizás ellos eran lectores de mentes, por lo que dijo Wilder: "No más secretos, princesa. Si quieres que te follemos, que te llevemos a un camino de placer sucio y pervertido, entonces tienes que decirnos todo".

"Está bien", respondí.

"¿Está bien?", añadió King. "¿Qué le dices a los hombres que están a cargo en la cama?".

Se me cayó la boca y me estremecí ante el tono oscuro de su voz y la intensidad en sus ojos cuando lo miraba. La mirada de King estaba acalorada, pero sostenía más dominancia y evidente enfoque que deseo.

"Sí, señor".

"Buena chica".

"Eso es correcto", añadió Wilder. "Toda una buena princesa para tus hombres".

Me pavoneé con su alabanza y la calidez de sus palabras. Lo sentí en lugares que habían estado vacíos. En cuestión de minutos, ellos me habían llenado con las atenciones y afectos de no solo un hombre, sino dos.

Wilder y King.

"Hora de descubrir lo que te calienta", dijo Wilder.

"Y lo que te deja ir", añadió King. Su mano se deslizó hacia arriba de mi espalda, trabajó en el broche de mi sujetador y lo abrió. Se bajó por la curva de mis codos y por mi regazo. Yo no era pequeña, una copa D sólida con pezones grandes. Cuando Wilder gimió y King aguantó la respiración mientras los miraban fijamente completamente expuestos por primera vez, me sentí poderosa en mi propio modo femenino. Sabía que en lo que sea que ellos me iban a hacer esta noche yo también tenía algún dominio sobre ellos.

Cada uno me puso una mano sobre un hombro desnudo y me llevaron hacia atrás para que quedara de espaldas entre ellos, mis rodillas separadas y mis pies —todavía en mis tacones— sobre la alfombra del suelo.

"Una vez más, princesa. ¿Cuál es tu palabra de seguridad?", preguntó King, cerniéndose sobre mí. Los dos lo estaban. Uno rubio, el otro moreno. Ambos intensos, ambos hermosos e interesados solo en mí. ¿Cómo tuve tanta suerte?

Después de esta noche ya no sería una virgen y no tenía duda de que ellos iban a hacer un buen trabajo con ello.

"Rojo".

"Buena chica".

"Nuestra meta es que *nunca* tengas que decirlo, pero a pesar de que te conocemos desde hace mucho tiempo, nos estamos moviendo en un espacio en el que tú no conoces nada. Todavía. Puede que hagamos cosas que te sorprenderán, quizás te asustarán. Así que tienes que usarla. Promételo", dijo Wilder.

"Si no lo haces, obtendrás un bonito trasero rojo", advirtió King.

"Entiendo". Lo hacía. Ya había habido demasiada

confusión hasta ahora. "La usaré si hacen algo que sea demasiado".

King miró a Wilder, el cual asintió, luego se deslizó a un lado de la orilla de la cama. Entre un segundo y el otro, yo estaba rodando sobre mi estómago, doblada en la cintura así que mis rodillas estaban metidas debajo de mí, parecido a la posición de yoga de los niños. Pero cuando yo hacía yoga, no estaba desnuda de la cintura para arriba y, definitivamente, no tenía a dos hombres tocándome. Mis brazos estaban afuera enfrente de mí, mis dedos agarrando las sábanas. Miré por encima de mi hombro mientras King deslizaba a un lado mi trenza, luego me acariciaba la espalda, de mi trasero a mis muslos, luego en dirección inversa, levantando mi falda de látex hasta que estaba enrollada por encima de mi cintura.

Cerré los ojos, respiré profundamente. Esto era lo que yo quería…, pero era intenso. Hacía diez minutos, ni siquiera sabía que ellos me querían… ni siquiera sabía que estaban en el Desembarque de Hawk y ahora tenía mi trasero expuesto. Y de repente…

"Ahora es una vista bonita", comentó King, con su mano cubriendo mi trasero. Sentí una segunda mano sobre el otro cachete, y supe que era la de Wilder.

"Bonito, pero podría ser más bonito", dijo Wilder.

Jadeé cuando su palma golpeó mi trasero; el sonido llenó la habitación; el pinchazo fuerte me hizo jadear.

King azotó el otro lado y yo meneé las caderas ante la sorpresa, la ligera quemadura se convirtió en calor. Dios, eso fue tan excitante. Sentí que me puse más húmeda solo por eso.

"Ahí, ahora los dos te marcamos. Marcas de dedos de rosado brillante que te reclaman como nuestra", dijo King.

"Deberíamos llevarla hacia el piso de abajo y dejar que caminara y mantuviera levantada la parte inferior de su falda atrevida para que todos pudieran ver nuestras marcas, que supieran que ella nos pertenece únicamente a nosotros", añadió Wilder.

Moví la cabeza para mirarlo, para ver si estaba hablando en serio. La idea era extrañamente emocionante, saber que llevaba un signo de su posesión.

"Ah, princesa, te gusta esa idea", añadió Wilder mientras me miraba a los ojos. Una mano gigante fue hacia mi bíceps, se curvó en él y me ayudó a levantarme.

"Párate delante de nosotros", añadió él. Me sostuvo mientras ponía mis pies debajo de mí. Mientras que sus ojos estaban fijados en los míos, los de King estaban sobre mi cuerpo, en mis senos desnudos, y observaba cómo mi falda de látex se caía por encima de mis muslos cubriéndomelos.

"Date vuelta".

Lentamente, me giré dejando de mirarlos. Mis pezones se pusieron duros con el tono oscuro de su voz. A pesar de que me estaban presionando... dios, era tan decadente hacer lo que ellos decían. Ahora todo era un juego; era ardiente, pero no era sexo. Solo los nudillos de King me habían tocado los pezones. Apenas me habían besado. Tenía la sensación de que estaban haciendo que me acostumbrara a ellos, a hacer lo que ellos decían. Órdenes simples, nada demasiado oscuro o pervertido. Todavía. Aun así, definitivamente, me estaban presionando, probándome para lo que estaba por venir.

"Levanta la parte posterior de tu falda para que podamos ver nuestra marca sobre ti".

Agarré el borde de mi falda en mis dedos, la enrollé mientras la levantaba, más y más arriba hasta que estaba acumulada en la espalda, por mi cintura.

"Buena chica", alabó King. "Ahora ponte de pie con tu nariz tocando la pared, con el trasero expuesto".

Hice una pausa, empecé a voltear la cabeza para preguntar, pero cambié de opinión. La pared de color crema estaba a unos pocos pies enfrente de mí. Fui hacia ella, me incliné ligeramente hacia adelante y la toqué con mi nariz.

"No estás siendo presionada, princesa. Esta vez no. Estamos admirando a nuestra hermosa chica. La línea de su espalda, el tamaño de sus senos cuando se curvan, la cintura estrecha, las caderas hermosas. El trasero perfecto y esa pequeña tanga que no hace nada por esconder las marcas de nuestros dedos. Maldición".

Wilder hizo una lista como si estuviese describiendo un auto que le gustaba, pero no me sentía denigrada. No, me sentía especial.

"Si nos alejas otra vez, Sarah, tendrás un trasero *muy* rojo y te quedarás de pie en la esquina con un montón de tiempo para pensar en las cosas". King usó mi nombre, no princesa. Estaba hablando en serio. Muy en serio. "Piensa en todo el tiempo que hemos malgastado porque ninguno de nosotros compartió cómo se sentía, lo que todos necesitábamos. Estamos comprometidos contigo, a esto, pero a pesar de que te vayas a someter, eres la única a cargo".

"Lo entiendo", murmuré. Lo hacía. Tenía el poder para detenerlo todo. Podía decir rojo y todo esto se habría terminado. Ellos podían enrollarme en una sábana y abrazarme. Protegerme. Pero nadie obtendría lo que todos necesitábamos.

Hasta hora, lo que habíamos estado haciendo era realmente caliente. Embriagador. Atrevido.

"Buena chica. Ahora voltéate y muéstranos tus senos ardientes".

$\mathcal{S}$ARAH

La voz de King tenía una sonrisa en esta y cuando me di vuelta para mirarlo, lo vi. Sí, él estaba sonriendo, pero su mirada estaba directamente sobre mis tetas. Sí, tetas. Nunca había usado esa palabra, pensé que era un poco denigrante, pero ahora no. Ahora sonaba sexy y pervertido. Apuesto que lucía bastante pervertida porque todavía tenía el borde de mi falda hacia arriba. Estaba cubierta enfrente, pero ese era el único lugar que seguía sin ser visto por ellos.

"Espalda sobre la cama. Misma posición que antes".

Caminé al lado de ellos de vuelta a la cama, sabiendo que ellos podían ver la forma en que mis senos se balanceaban mientras me movía. Yo no era pequeña en ningún lugar. Me moví y me meneé, me contoneé y me sacudí.

Dejé ir mi falda y me arrastré sobre las sábanas suaves, me apoyé en mis antebrazos.

"Acércate, desnuda ese trasero para que podamos verlo".

Cambiando mi peso a un brazo, lo hice. Ellos pudieron haberlo hecho por mí en cuestión de segundos, pero eran pacientes mientras me revelaba a ellos. Otra vez, era una oportunidad para que yo dijera rojo, que cambiara de opinión. Para ir más despacio o parar completamente.

De ninguna manera. Estaba *taaan* verde en ese momento.

Exhalé, me puse en posición y estaba lista para lo que fuera que iban a hacer ahora.

Sus dedos se engancharon dentro del borde de encaje de mi tanga y tiraron de ella hacia abajo lentamente, pero cuando se salió de mi vagina, los sentí adherirse, adherirse y luego separarse.

"Mira esa miel pegajosa", Wilder prácticamente gimió mientras el trozo húmedo de encaje caía por mis rodillas. Ellos me voltearon para quitarlo completamente antes de que la tanga cayera a la cama a unos pocos centímetros de mi rostro. No pude evitar ver la mancha húmeda oscura en el medio.

Sentí la cama levantarse mientras ellos se movían cuando incliné mi cabeza, los vi parándose a un lado, de brazos cruzados mirándome.

"No te muevas, princesa. Queremos mirar nuestro llenado", dijo Wilder.

"Eres preciosa. Hemos soñado con tenerte así", añadió King.

Solo podía imaginarme la manera en que lucía, en cuatro patas como estaba. Mi trasero estaba elevado, senos colgando hacia abajo, mis pezones rozando la cama.

"Podríamos ponernos detrás de ti, follarte ahora mismo. Reclamar esa cereza de una vez por todas", comentó King.

Wilder sacó un teléfono, sacó una fotografía.

"Wilder… Yo no quiero…".

"Shh", dijo él, poniendo una mano sobre la cama para

inclinarse lo suficientemente cerca para que pudiera verme a mí misma en la pantalla pequeña. "Mira cómo te ves".

Sí, estaba justo como lo había descrito, cada curva llena en la pantalla. Obscenamente, decadente. Y más. Incluso las marcas de dedos rosadas eran visibles. Ellos no pudieron evitar mirar lo húmeda y abierta que estaba mi vagina.

"Tan sexy, tan sumisa. Amo cómo permaneces en posición a pesar de que estás nerviosa. Toda una buena princesa".

Exhalé con sus palabras.

"Ahora obsérvame eliminarla. Tú, así, toda desnuda y perfecta, eres solo para mí y para King".

Él presionó unos cuantos botones y observé cómo la imagen estaba, en efecto, eliminada.

King fue hacia el lado de la cama y un gruñido escapó de su pecho. "No te muevas de tu posición. De cualquier otra forma, tu trasero será azotado un poco más".

Empecé a voltear mi cabeza para ver lo que estaba haciendo, pero Wilder se acercó hacia el lado opuesto de la cama, se puso de rodillas para que pudiera mirarlo directamente a él. Sus dedos señalaron hacia mí, luego en dirección a él. "Los ojos sobre mí. No los cierres, no apartes la mirada".

Está bien. Eso no debería ser demasiado difícil. Pero sentí algo húmedo y suave por toda mi vagina y jadeé, sorprendida. Una mano agarró mi cadera desnuda, inmovilizándome en el lugar.

La mirada intensa usual de Wilder se suavizó, una pequeña sonrisa se levantó en la comisura de su boca. "¿Te gusta la lengua de King? Él va a lamer toda esa miel dulce".

¿La lengua de King? Oh. Dios. Mío. Su boca estaba sobre mi vagina. Ellos apenas me habían besado y ¿con esto era con lo que empezaban? No, ellos habían empezado cuando Wilder me cargó por las escaleras. Si yo hubiese querido besos normales, hubiese estado bien con Danny Sayers de séptimo grado.

"Está dulce", dijo King desde mi entrepierna. Sentí su respiración cálida… ahí. ¡Ahí! Él podía ver *todo* de cerca y en persona.

Y probar. Oh, dios.

King. Tenía. Su. Rostro. Entre. Mis. Muslos.

Estaba sobre una cama, con el trasero en el aire, King lamiéndome donde nadie me había visto nunca antes, Wilder observando todas mis expresiones. Gemí.

"Jodidamente dulce. Y está goteando", añadió King mientras me lamía otra vez.

"Ojos abiertos, princesa", advirtió Wilder.

Ahora sabía por qué me había dado la advertencia más temprano. Era casi imposible mirar a Wilder con las cosas que estaba haciendo King. Su lengua giró en círculos en mi entrada, deslizó un pliegue y mi clítoris.

Grité su nombre.

"Eso es correcto, princesa. Grita mi nombre", dijo King. Esto debe haberlo estimulado, porque sus manos vinieron a la parte posterior de mis muslos, sus pulgares separándome para que quedara completa y totalmente a su merced.

"Hora de que te vengas para nosotros, princesa. Voy a observar", juró Wilder.

Yo misma me había hecho venir muchas veces. Cientos de veces, pero nunca se había sentido así. Hormigueante e intenso, caliente y húmedo. Fuera de control. No podía hacer nada más, sino tomar lo que sea que King me iba a dar y mirar a los ojos oscuros de Wilder mientras lo hacía.

Todo lo que podía hacer era someterme.

Mi cuerpo lo hizo tan fácilmente; King era un amante voraz y completo. Hábil también, con la forma que me estaba llevando más y más cerca de venirme.

Mis dedos apretaron las sábanas, mi espalda se arqueó,

empujando mis caderas en su rostro. La boca se me cayó y mis párpados se cerraron a mitad de camino.

"Yo me... oh, dios, ¡me voy a venir!".

No había nada deteniéndolo. La forma en que King suave y despiadadamente lamía mi clítoris, luego lo chupaba dentro de su boca, fue indescifrable. Pero estuve acabada cuando deslizó sus dientes cuidadosamente sobre la protuberancia sensible.

Mis ojos estallaron ante la sorpresa, fue mucho más intenso de lo que hubiese imaginado. Mis pezones estaban sensibles, sentía los anillos frotarse y la sábana se sentía casi áspera contra la piel tierna. Cada centímetro de mi cuerpo se tensó mientras el calor, la dicha que producía se derramaba por todo mi cuerpo, como veneno dulce a través de mis venas.

"Mi turno", dijo Wilder, con su voz áspera mientras se ponía de pie abruptamente y acechaba alrededor de la cama. Miré hacia atrás y vi a King apartándose del camino, limpiarse la boca con el dorso de su mano.

Agarrando mis caderas, me giró sobre mi espalda. Wilder puso sus manos sobre mis rodillas, las abrió y las separó más. Lo miré mientras se paraba cerca de mí. Nunca lo había visto lucir así, casi feroz. Podía ver el bulto grueso de su pene en sus pantalones, presionando, asumía que dolorosamente.

Wilder descendió y puso su boca sobre mí, sus hombros anchos mantenían mis muslos separados, mis tacones hacia arriba y bajo su espalda.

Instantáneamente, mis cabellos fueron hacia su cabello, lo haló. "¡Wilder!".

Sus manos se instalaron sobre mis senos, los cubrieron, halaron mis pezones, voltearon los anillos suavemente mientras me comía.

Estaba ridículamente sensible por King y Wilder empujándome a la orilla y al borde del precipicio fácilmente otra vez. Este placer era dulce y abrasador, excitante. Igualmente, intenso, pero… diferente. Justo como los dos hombres que me los daban.

Cuando se levantó, él también se limpió los labios brillantes.

"Ahora que estás toda caliente, es hora de jugar", dijo él.

Ninguno de los dos hizo ningún movimiento para quitarse su ropa. Mientras que yo estaba desnuda, excepto por la falda enrollada por mi cintura y los tacones, ellos tenían cada prenda de ropa puesta.

"¿Jugar?".

Mis paredes internas se apretaron al pensar en lo próximo que ellos tenían en mente. Cada uno de ellos tomó un tobillo, cuidadosamente desataron los pequeños nudos de las tiras de mis tacones de aguja Mary Jane.

"Ver lo que te hace calentarte", dijo King sonriendo mientras deslizaba el zapato fuera de mi pie y lo lanzaba al suelo.

"Creo que conoces la respuesta a eso", comenté.

Sus ojos se deslizaron bajo mi pierna y directo a mi vagina.

"Ese es solo un camino", respondió él.

"¿Qué hay de… qué hay de ustedes?", pregunté, mirando a las erecciones impresionantes marcadas gruesamente en sus pantalones. El de Wilder se curvó obviamente a la derecha y arriba hacia su cadera. El de King también se fue a la derecha, pero bajó hasta dentro de su muslo, como si tuviese un bastón ahí.

"¿Qué intentas decir, princesa?", preguntó Wilder, bajando la mirada hacia él mismo, luego hacia mí.

"¿Ustedes no se van a… desvestir? ¿No van a dejarme tocarlos?".

Rápidamente, Wilder se desabrochó los botones de su camisa, se la quitó. Oh, mi dios. Tenía hombros anchos y una cintura estrecha. El cabello oscuro sobre su pecho lucía suave mientras se estrechaba en su ombligo, luego en una línea delgada que desaparecía dentro de sus pantalones. Mantuvo sus manos a los lados, me dejó mirar de lleno.

Levantando mis codos, luego todo hacia arriba, me puse de rodillas en la cama. Él se acercó para que pudiera tocarlo, sentir el calor de su piel, sentir los músculos duros debajo. Dios, era mejor de lo que había imaginado.

Mirándolo a través de mis pestañas, lo capturé mirándome.

"¿Ves algo que te guste?", preguntó con su voz estruendosa.

Me mordí el labio. Asentí. Oh, sí. Absolutamente.

Había pensado en esto, en cómo lucirían ellos, en cómo se sentían, incluso, cómo olerían desde… bueno, desde siempre.

King se sacó su camisa azul, la dejó caer al suelo detrás de él, y también puse una mano sobre él.

"Moreno y rubio", me dije con ojos soñadores a mí misma. "Los tengo a los dos".

Y solo me habían revelado sus pechos. Había tanto más de ellos. A pesar de que esto no era malo, había mejores… áreas que quería ver.

Acercándome a las hebillas de sus cinturones, enganché mis dedos alrededor del metal y las halé a ambas más cerca. Por supuesto, ellos me dejaron halarlas, de cualquier otra manera hubiese sido imposible hacerlo.

Cuando comencé a juguetear con las hebillas, mis dedos estaban a solo centímetros de distancia de los bultos de sus penes y ellos inmovilizaron mis movimientos.

"¿Qué?", pregunté, mirándolos de nuevo.

"No penes para ti, princesa".

Me congelé, mi cerebro estalló por lo que dijo Wilder. "¿Qué?", pregunté otra vez. "Pensé… Quiero decir, si van a tomar mi virginidad entonces, al menos, se requiere un pene".

Yo no había hecho esto antes, pero no estaba *así* de desorientada.

Los dos sonrieron. "Cierto. Muy cierto. Pero no te vamos a reclamar hasta que pongamos nuestros anillos sobre tu dedo".

 ING

SE SUPONÍA QUE WILDER Y YO ÉRAMOS LOS ÚNICOS QUE debíamos estar de rodillas, aunque oficialmente no le habíamos pedido que se casara con nosotros. Pero verla saciada y desnuda…, excepto por la falda que estaba enredada por encima de su cintura, me hacía simplemente feliz por cómo se tornaron las cosas. Yo quise casarme con ella desde siempre, sabía que ella era la indicada para mí, sabía que era la única que Wilder y yo compartiríamos juntos, desde que tengo uso de razón. Pero tuvimos que esperar. Y esperar. Y esperar por ella. La universidad, regresar a dirigir el rancho. Wilder también fue a la universidad, pero él se fue al departamento de Pesca y Juegos de Montana. Tuvimos novias, mujeres para llenar los años mientras esperábamos por Sarah, pero ellas habían sido solo diversión. Nada más.

Con Sarah, siempre hubo una conexión. Sus sonrisas

iluminaban la habitación; ese maldito hoyuelo me destruía, mientras llenaba un lugar en mi corazón. Yo cobraba vida cuando ella estaba cerca. Su risa, su amabilidad con los demás, su deseo de llevar una vida simple como la bibliotecaria de Barlow en contra de los deseos de su madre, especialmente con su salario insignificante. Amaba que ella viviera su propia vida, no la que esa mujer murciélago de mierda planeó para ella involucrándose frecuentemente en matrimonios con ricos.

Cuando la mamá de Sarah intentó cazarme después de su divorcio con su esposo número tres, supe lo especial que era Sarah. Maldición, encontrar a esa mujer mayor en mi cama había sido una sorpresa de mierda. Yo tenía veintitrés años en ese momento y tenía la necesidad de follar de un hombre, pero no con ella. De ninguna maldita manera. No solo porque fuera la mamá de Sarah, sino porque sabía que ella solo estaba desnuda y dispuesta porque tenía un gran rancho que había sido heredado de generación en generación desde el año 1880. Solamente la tierra familiar era valiosa. El único rancho comparable al tamaño del mío, en las tierras de Barlow, era el Rancho Steele.

No tenía ningún interés en convertirme en el esposo número cuatro.

Además, yo estaba enamorado de Sarah desde entonces, incluso, cuando ella era muy joven todavía. Me enfermaba pensar en lo que su madre había intentado hacer cuando todo lo que yo quería era a la dulce Sarah. Obviamente ese incidente era mantenido en secreto. Wilder sabía, pero no iba a salir a ninguna otra parte. Nada pasó y la madre de Sarah se fue a California poco después.

Sarah sobrevivió a un modelo despiadado y manipulador y resultó en lo opuesto completamente. Gracias al cielo que usó el ejemplo como algo que *no* se debía hacer.

Puede que ella se hubiera puesto un atuendo fetichista y

quisiera echarle un vistazo a la fiesta de sadomasoquismo, pero nuestra Sarah era virgen. Dulce y pura, pero con un matiz muy travieso y muy pervertido.

Sí, ella era jodidamente perfecta para nosotros.

Lo que significaba que nuestros penes se quedaban en nuestros pantalones.

"¿Ustedes quieren casarse conmigo?", preguntó ella. Sus ojos oscuros estaban abiertos, su boca colgando boquiabierta.

Sí, la habíamos impactado. Ella nos había impactado a nosotros al estar aquí en látex negro y un sujetador a la mitad con pezones perforados expuestos.

Mi pene se movía en mis pantalones ante los pequeños aros de oro que colgaban de esos pezones preciosos. La idea de adornarlos con pequeñas pinzas de joyería, verlos brillar, columpiarse y balancearse mientras ella se movía me ponía duro como una roca. Maldición, unas campanas pequeñas le quedarían bien. Demonios, sí. Ella estaría desnuda en nuestra casa con campanas pequeñas en esos anillos para poder escuchar cuando se acercara, para que fuera un recordatorio constante de esos malditos pezones.

Sí, estaba obsesionado con esos pezones grandes y gruesos. Esas tetas completas que eran un puñado grande. Y ese sujetador no hacía una maldita mierda excepto hacer que mi pene se pusiera incluso más duro… sí, ella también traía puesto un completo montón de esa lencería.

A nuestra chica le gustaba perverso. Nosotros le daríamos montones de perversión. Aunque no bragas. Esa tanga que le acabábamos de sacar fue el último par que estaría usando cerca de nosotros. Necesitaba saber que estaba desnuda y goteando, lista para nuestros penes.

Gruñí y los ojos de Sarah se ensancharon.

"Tú lo sientes también, ¿no, princesa?", pregunté. "Esto no es solo sexo. Demonios, siempre ha sido más. Desde hace mucho tiempo".

Ella se puso de rodillas otra vez.

"¿Solamente quieres tener sexo con nosotros?", preguntó Wilder.

Su mejilla se levantó y sus ojos saltaron a los suyos. "¿Qué? No".

"¿Y por qué?", empujó él.

"Porque yo no puedo solamente… tener sexo. Necesito más. Una relación. Afecto. Amor".

Suspiré internamente. Eso es cierto. Sarah se había guardado para nosotros. Ella simplemente no lo había dicho específicamente. Todavía.

"Amor", repetí. "Tú no tendrías sexo con alguien sin amor".

Ella asintió.

"Pero tú estabas suplicando por nuestros penes, de rodillas delante de nosotros, abriendo nuestros cinturones".

Sus mejillas se sonrojaron con mis palabras, el rubor le recorrió su cuello largo, por encima de su pecho y la parte superior de sus senos.

"Yo no soy una zorra".

Me puse de rodillas sobre la alfombra para que ella fuera un poco más alta que yo. "Maldición no. Pero está bien mostrar tu sexualidad, tu pasión, tus deseos con los hombres que amas. Y me refiero a *hombres*. Wilder y yo. Los dos. Nos amas a los dos, ¿cierto, princesa?".

Wilder se sentó a mi lado así que los dos estábamos de rodillas delante de ella como debíamos estar. Sus ojos de color whisky estaban brillantes con lágrimas sin caer. Se lamió los labios, luego asintió. "Sí. Yo… Yo intenté no hacerlo, de verdad lo hice".

No pude evitar sonreír.

"Bueno, no demasiado", admitió ella. "Pero ha pasado tanto tiempo. Los he deseado a los dos y eso estaba mal, pero no podía hacer nada con mi corazón. Desde siempre he sabido que necesitaba algo más. Me gusta pervertido".

Mi sonrisa se puso aún más grande.

"Nosotros también". Enganché mi mano detrás de su cuello, la atraje a mí para besarla. Se suponía que debía ser dulce y suave, pero no funcionó así. La invadí con mi lengua. Me hundí en su dulzura.

Finalmente, levanté la cabeza, me lamí los labios, la saboreé. "Puede que te haya picoteado en la boca el verano pasado, pero eso estuvo mal. Eso no fue real. *Este* fue un maldito buen primer beso".

Ella se sonrojó. "Estamos haciendo todo esto al revés. Quiero decir, ustedes dos… bueno, ya saben, me probaron en *otros* lugares y apenas nos habíamos besado. Realmente no nos conocemos los unos a los otros y ustedes quieren casarse conmigo".

Me incliné hacia atrás para que Wilder pudiera tener su turno de besarla. "Princesa, ¿tú crees que realmente no nos conocemos el uno al otro? Las mentiras te hacen ganarte un azote, ya sabes".

"Pero… yo no sé qué tipo de pasta dental les gusta o de qué lado de la cama duermen o si lanzan su ropa al suelo".

"Esas mierdas las podemos trabajar cuando estemos casados. ¿Por qué anticiparnos el aprender las cosas buenas de antemano? Además, tú sabes todo sobre nosotros".

Ella elevó una delicada ceja oscura.

"¿A qué soy alérgico?", le preguntó Wilder.

"A los arándanos".

"¿Cuál es el deporte favorito de mi padre para mirar en la televisión?".

"La Serie Mundial de Liga Pequeña", respondió ella inmediatamente.

Eso era cierto, su padre amaba mirar a los niños jugar béisbol. Él había sido el entrenador de la liga pequeña de

Barlow e, incluso, del equipo de la secundaria antes de que se retirara a Florida con la mamá de Wilder.

"¿Cuál es mi comida favorita?", le pregunté.

Ella me miró. "Espagueti con albóndigas".

Levanté mi mano hacia mi frente. "¿Cómo obtuve esta cicatriz?".

"Con la puerta de tu camioneta".

Había una historia ahí, pero no valía la pena repetirla. Pero Sarah sabía de ella.

"Ves, tú nos conoces", le dije. "Y nosotros sabemos que te gusta la loción Dulce de Guisantes, tu autora favorita es Jane Austen, no te gusta el maíz a la parrilla y nunca has aprendido a tejer, pero tu abuela te enseñó a hacer ganchillo.

La boca se le cayó ante mi lista de conocimiento. "Y te gustan las cosas bien salvajes en la cama".

Ella hizo una pausa y, prácticamente, pude ver los engranajes trabajando en esa mente inteligente.

Sonrió lentamente. Ahí, esa mirada alumbraba toda la maldita habitación y me hacía querer escupir cosas sobre arcoíris, malditos unicornios y mierdas románticas.

"Sí, supongo que tienen razón. No solo con lo mío siendo salvaje en la cama" —ella apartó la mirada al decirlo— "sino en que nos conocemos".

"Eso es cierto, princesa", admitió Wilder. "Nosotros queremos todo de ti. Pero no lo tomaremos sin compromiso. Compromiso real. Cuando separes esos muslos para nuestros penes, sabrás que nos perteneces. Sentirás el peso de nuestros anillos sobre tu dedo, sabrás que esa es la prueba de que tu vagina es nuestra. Pero no hasta entonces".

"Sí, me casaré con ustedes", respondió ella. Sus ojos se ensancharon como si sus palabras la hubiesen sorprendido.

Wilder la besó, luego yo tuve mi turno. Sí, ella era jodidamente dulce.

Cuando me retiré, ella se mordió el labio, hinchado y rojo

por nuestras bocas sobre la suya. "¿Esto significa que no podemos... hacer cosas hasta entonces?".

Wilder me miró. Prácticamente pude leer su mente, pero sus palabras lo confirmaron. "Princesa, a nosotros simplemente nos gusta tu vagina. Diría que podemos hacer cosas hasta que te llevemos a la corte".

"¿Como qué?", suspiró ella.

Wilder señaló con su barbilla. "Agarra la cabecera de la cama".

Ella lo miró fijamente por un momento mientras se ponía de pie, teniendo que inclinar su cabeza hacia atrás para mantener el contacto visual, luego se arrastró por toda la cama para saber lo que él diría. "Pequeña sumisa obediente".

Cuando tuvo sus manos arriba de la cabecera de la cama como un tronco, nos miró por encima de su hombro, luego empujó su trasero hacia afuera. Su falda de látex se había caído, pero cuando se movió, pudimos ver un rastro de la marca de nuestras manos todavía alrededor de sus cachetes, además toda esa vagina rosada y húmeda. Y cuando vi la pequeña roseta de su trasero, tuve que aplacar mi pene. Para el lunes cuando se abriera el juzgado del condado faltaba demasiado tiempo.

"Quítate esa falda. Quiero ver cada centímetro precioso de ti", le dijo Wilder. Ella osciló y se movió para sacarse la prenda, luego volvió a su lugar.

"Esto es lo que va a suceder ahora, princesa", dije, poniéndome de pie también. "Nosotros vamos a ver de cuántas formas podemos hacerte venir sin tocar esa vagina. Nada se va a acercar a esa cereza antes de nuestros penes el lunes. Tu trasero —porque también vamos a tomarte por ahí — tu boca, tus tetas, esta noche serán todo el juego".

Ella nos miró por encima de su hombro. Maldición, era como la portada de una revista, con una vagina rosada asomándose, sus pezones duros con los pequeños aros. Iba a ser difícil no venirme en mis pantalones. Quería sacar el pene y metérselo de una vez, derramar mi semen por toda esa piel pálida. Pero no, eso tenía que esperar hasta el lunes. En vez, guardaría todo para llenar esa vagina. Bien y profundamente. Tan profundamente que yo no sabría dónde terminaba yo y dónde empezaba ella.

"Nuestra noche de bodas, princesa, vas a tener tanto semen en esa vagina rota que estarás goteando toda una semana".

Observé sus ojos dilatarse ante mis palabras sucias. Ella realmente era una chica pervertida. Sí, era absolutamente perfecta.

Wilder fue a la mesita de noche, sacó una botella de lubricante de tamaño viajero, la lanzó sobre la cama. Sí, íbamos a tener que agradecerles a Matt y a Ethan más tarde por todas las comodidades del complejo turístico. "Recuéstate, princesa, y levanta ese trasero. Muéstranos tu pequeño agujero posterior. Hora de ver cuántas veces te puedes venir".

Mientras ella se sonrojó ardientemente ante las palabras sucias de Wilder, se inclinó hacia atrás y se desparramó para nosotros, sin hacer preguntas, sin palabra de seguridad. Yo estaba acabado. Puede que estuviésemos a cargo, pero Sarah Gandry nos tenía de rodillas.

6

CUANDO WILDER Y KING ME LLEVARON A MI CASA AL DÍA siguiente —King tuvo que manejar mi auto porque había llovido durante la noche y yo me fui con Wilder las dos horas — dejé caer mi bolsa de viaje, me recosté contra la puerta del frente cerrada y me deslicé al suelo. Sonreí. No lo podía creer. Nada de esto. *Nada* de esto.

Desde verlos a ellos en el complejo turístico, la noche loca y salvaje, las reglas que habían impuesto hasta que me pasaran a buscar mañana para la boda en el juzgado, era una locura.

Traía puestos un par de pantalones y una camiseta negra, encima el suéter con capucha de King y luego mi abrigo de invierno grueso. Pero no tenía bragas.

Después de, cerca, el sexto orgasmo, me quede dormida, o muerta, en la cama de Wilder. Mientras yo estuve desnuda y metida debajo de las sábanas toda la noche, King regresó a su habitación y Wilder se quedó con sus pantalones puestos y se instaló debajo de la cobija. Tuve que asumir que, a pesar de que estaban siendo inflexibles acerca de no tomar mi virginidad hasta que estuviésemos casados —¡casados!—, abstenerse no era fácil para ellos. Había visto los relieves gruesos, los bultos sólidos en sus pantalones lo que significaba que estaban interesados. Muy interesados. Muy ansiosos. La forma en que fueron hacia mí… dios. Me ponía toda caliente con solo pensar en eso. Luché para quitarme el abrigo, lo dejé caer a mi lado en el suelo.

Tiré la parte de adelante del suéter de King hacia mi nariz y respiré profundamente, inhalé su aroma ahora familiar. Me iba a casar con ellos. ¡Con los dos! A pesar de que sabía que legalmente solo iba a estar unida a uno de ellos, sabía que los dos me iban a reclamar. Y me reclamarían tan pronto como colocaran sus anillos sobre mi dedo. Hasta entonces, ellos sí que habían dejado su marca. O marcas. Sabía que había un pequeño chupón arriba de mi seno derecho, justo por encima del pezón. Wilder me dejó uno a un lado de mi muslo junto con algunas quemaduras. Y no tenía duda de que mi trasero todavía estaba rojo.

Estaba un poco inflamada, un poco sensible en lugares como mis pezones y mi trasero. Y por mi trasero no me refería a mis nalgas, a pesar de que también estaban un poco inflamadas. Habían usado el lubricante y sus dedos para jugar ahí mientras yo me agarraba de la cabecera de la cama. Perdí mi agarre una vez que King deslizó su pulgar profundo dentro de mi ano, follándome ahí lentamente mientras Wilder jugaba con mi clítoris. Cada uno de ellos tenía agarrado un anillo de mis pezones y lo giraron y halaron suavemente. Estuve completa y totalmente a su merced, siendo presionada y empujada a un orgasmo salvaje tras otro.

Dios, fui una completa zorra del placer. Ellos eran *tan* buenos haciéndome sentir bien, y no me dejaron ser recíproca de ninguna manera. Cuando lo intentaba, queriendo, al menos, presionar mi mano contra ellos, me azotaban el trasero en forma de castigo juguetón.

Puse los ojos en blanco y me meneé sobre el piso duro de madera recordando la forma en que habían tocado la puerta de mi habitación de hotel esta mañana, entraron, la cerraron detrás de mí. Wilder me llevó a la parte trasera de mi habitación para vestirme y empacar. Cuando los dejé entrar, me dijeron que me bajara los pantalones para asegurarse de que no estuviese usando ningunas bragas. Como las llevaba puestas, me dieron vuelta, me doblaron sobre la cama en la que no había dormido y me dieron unos azotes. No fueron muy juguetones. En lo absoluto. Después observaron mientras me sacaba las bragas y me ponía mis pantalones de vuelta. Cuando finalmente estuvieron satisfechos y tenía un trasero realmente caliente como un recordatorio de quiénes estaban a cargo de mi vagina, nos fuimos hacia Barlow.

Y ahora aquí estaba, sola. Sin bragas. Empujé la puerta, me saqué las botas y las dejé en la alfombra cerca de la entrada, dirigiéndome al baño. Me alejé del espejo, me saqué los pantalones, estudié mi trasero en el reflejo por encima de mi hombro. Sí, seguía rojo. Unas cuantas marcas rosadas con forma de dedos también seguían visibles. Esto era tan *poco* yo. Yo siempre llevaba ropa interior. Siempre hacía lo correcto. Bueno, quizás, excepto por el acto de rebeldía que tuve para perforarme los pezones, pero aparte de eso, era una buena chica. Seguía las reglas, era meticulosa —una bibliotecaria tenía que serlo— y precisa. Me gustaba el orden, la normalidad. Sí, eso anoche se había salido por la ventana. Junto con mis bragas. Oficialmente, ya no era una buena chica.

Sonreí aún más, luego dejé que la sonrisa se desvaneciera. Desapareció completamente.

Ellos dijeron que sabíamos todo con respecto al otro.

Tenían razón hasta cierto punto. A pesar de que no habíamos sido exactamente amigos mientras crecíamos, ellos siempre me habían mantenido vigilada. Yo los veía y siempre tenían sus ojos puestos en mí. Se acercaban para saludar, veían cómo estaba, especialmente por mi madre. Siempre me había sentido a salvo con ellos. Protegida, incluso, desde lejos. Y ahora me podía sentir segura y protegida de cerca.

Pero tenía secretos, no como el hecho de que tenía un trasero realmente rojo, realmente azotado debajo de mis pantalones. Secretos grandes. Nada como el hecho de que bebía jugo de naranja del cartón o que siempre lavaba los domingos. Esas cosas las aprenderían, como dijo Wilder, después de que nos casáramos.

¿Pero este grande? Ellos merecían saberlo.

Sonó mi teléfono y me lancé los pantalones hacia arriba, corrí hacia la entrada donde había dejado mi cartera. Mi corazón galopó al pensar que eran King o Wilder. Pensé mal, sobre todo porque ellos me habían dejado en la puerta y se habían ido hacía unos pocos minutos.

Mierda. Mi madre. Ella ya había llamado varias veces este fin de semana, pero había ignorado todas las llamadas. Tenía que responder esta o nunca se iba a detener. Estaba sola y podía lidiar con ella sin la posibilidad de que King o Wilder se involucraran. Ellos sabían que mi madre era difícil, pero se lo escondía la mayoría del tiempo. A todos.

"Madre", dije.

"Ahí estás. He estado intentando llamarte todo este fin de semana". Sonaba malhumorada, como siempre.

Puse los ojos en blanco, fui hacia mi cocina pequeña y ordenada. "He estado ocupada".

"Qué irrespetuosa", me reprendió. "Yo estuve en trabajo de parto por…".

"Treinta y seis horas", dije, terminando su oración usual,

recordándome que había sido una carga para ella desde que nací. Abrí el refrigerador, me acerqué al estante superior.

La escuché sorberse la nariz a través del teléfono, no porque estuviese triste, sino porque estaba molesta. "Tu hermano no me ignora".

Eso es porque vive en tu sótano y se aprovecha de ti para tener su estilo de vida lujoso en vez de buscarse un trabajo.

"¿Para qué llamaste, madre?". Verifiqué la fecha sobre un paquete de queso crema, arrugué mi nariz ahí y luego lo lancé a la basura. Esperé por su respuesta. A que empezara la búsqueda de parejas. Eso pasaba en cada llamada telefónica.

"Conocí a un hombre. Robert. Es un vendedor de yates".

Oh, amigo. Se había divorciado de su esposo número cinco en el verano pasado y ahora estaba viviendo en su casa de Santa Bárbara, que había conseguido en la repartición de bienes. Ahora parecía que quería un yate. Si se casaba con el tipo, de alguna manera, iba a obtener uno en la repartición de bienes. No era como si a ella siquiera le gustase el agua. Se mareaba al ver el Río Yellowstone.

"Eso es genial", respondí neutralmente, verificando las fechas de todos mis condimentos. Si no podía lanzar a mi madre a la basura, lo menos que podía hacer era limpiar mi refrigerador.

"Él tiene un hijo".

Y ahí estaba. Esta vez el hijo de un vendedor de yates. Ella no quería al padre, quería que *yo* tuviese al hijo. Que yo obtuviese ese bote.

La semana pasada había sido un vecino nuevo que se había retirado de la industria del cine a los treinta. Cargado. Hice una pausa, mirando una jarra de tomates deshidratados. "Eso es genial", repetí. Sabía que no debía darle ningún tipo de respuesta positiva. Pero ahora tenía a Wilder y a King.

Ahogué una pequeña risa preguntándome cómo reaccionarían al descubrir que mi madre quería que me casara con un hombre en California. Como machos alfa se volverían locos. A pesar de que me habían dejado en mi casa, no estuvieron muy emocionados al respecto. Pero King tenía que ocuparse de unas tareas en el rancho, Wilder tenía que terminar un papeleo en la sede de Pesca y Juegos para que pudieran tener el día de mañana libre.

El día de nuestra boda.

"…ir a cenar la próxima vez que vengas al pueblo. ¿Quizás la semana que viene? ¿Me estás escuchando, Sarah?".

"Lo siento, me perdí lo último". Pensar en mis hombres era mucho mejor que cualquier cosa que mi madre tuviese para decir.

Se quejó. "Como tu padre te dejó sin nada, eres una bibliotecaria tonta y no estás viviendo en tu potencial, al menos, podrías intentar casarte con un esposo millonario. Te pagaré el vuelo para que conozcas a Travis".

"Sí, no, gracias". Preferiría que me sacaran las muelas del juicio otra vez que subirme a un avión a Santa Bárbara a una cita a ciegas doble con mi madre y su hipotético novio vendedor de yates.

"Si no es aquí en Santa Bárbara, entonces allá en Barlow", continuó ella, inmutable. "Un ranchero siempre es bueno. Siempre mantén tu ojo sobre Kingston Barlow. Él sería una buena opción; el pueblo lleva el nombre de su familia después de todo. Recuerda, las tierras mantendrán su valor hasta que te puedas divorciar".

Oh, dios mío. Ella quería que me casara con un chico —King— con la intención de que me divorciara de él y me quedara con la mitad de su dinero. Justo como ella había hecho con su larga línea de esposos. Una y otra vez. Si esto funcionó para ella, entonces ella esperaba que me funcionara a mí. Si tan solo supiera que yo de verdad me *voy* a casar con Kingston Barlow, probablemente, se haría pipí en sus pantalones. O peor, volaría hasta aquí para la ceremonia. Me mordí el labio.

"Tu padre…".

La corté. "Sí, yo sé sobre mi padre".

Suspiró. "Aiden Steele nunca te dio ni la hora".

Cierto.

"Él sí que te dio manutención", contesté.

Mi padre había sido dueño del Rancho Steele hasta el año pasado cuando murió. Mi madre, quien nació y fue criada en Dallas, de alguna manera, había terminado en Montana y metió al hombre en la cama o, al menos, en el asiento trasero de un auto, para quedar embarazada de mí. Para atraparlo. Por lo que siempre me había dicho mi madre, él se negó a casarse con ella.

"Hasta que cumpliste dieciocho y luego eso se detuvo por completo", soltó ella.

"Madre, me convertí en adulta. ¿Por qué debía mantener él a una adulta?", pregunté defendiéndolo. No estaba segura de por qué exactamente si no quería tener nada que ver conmigo. Si bien no me había rechazado rotundamente cada vez que lo veía en el pueblo —lo cual era muy poco frecuente — asentía hacia mí a manera de saludo. Nada más. Quizás él pensaba que yo era como mi madre.

Pero comencé a considerar lo contrario cuando su abogado me contactó con la noticia de que Aiden Steele había puesto dinero en una cuenta para que pagara la universidad. *Solo* la universidad, en el caso de que yo *fuera* como mi madre y en vez de eso quisiera un auto lujoso. Como ya era mayor de edad no le dije nada a ella sobre eso —lo hubiese querido para ella misma—. Cuando le dije que fui aceptada en la universidad en Bozeman, solo le mencioné que había conseguido una beca escolar y ella se quejó de eso en vez de estar orgullosa.

"Estaba en la universidad. No era como si estuvieses haciéndote cargo de mí".

"Aun así él me lo debía".

"No, no lo hacía. Él no te debía nada".

"Yo te crié todos esos años".

"Madre, yo no soy un pony que tienes que estabilizar y alimentar. Soy tu hija. Pudiste haberlo llevado a un tribunal".

"¿Y qué? ¿Perder el soporte financiero? Por favor".

Levanté la mirada al techo de mi cocina, luego cerré los ojos. Esa era mi madre en una oración. Ella me crió por el soporte financiero.

"Me tengo que ir", le dije, había terminado con esta conversación.

"Déjame saber sobre el hijo porque…".

Terminé la llamada, puse el teléfono sobre el mostrador. Coloqué mis manos en el borde, me recosté contra este. Respiré. Intentaba no molestarme cuando ella llamaba, pero era imposible no hacerlo. Era mi madre y eso no iba a cambiar. Era una conspiradora codiciosa.

Como Aiden Steele nunca le puso un anillo, ella encontró otro terrateniente nuevo aquí en Barlow para ocupar su lugar. Esposo número dos. Mi medio hermano Karl fue el producto del matrimonio con el esposo dos, un barón de la madera —así es como lo llamaba mi madre— de Seattle. Eso no duró mucho, solo un verano y lo suficiente para que ella quedara embarazada y obtuviera un divorcio rápido. Aiden Steele la forzó a dar su brazo a torcer haciendo que regresara a Barlow. Si no estaba en Barlow, no habría soporte financiero, lo cual me llevaba a creer que, de alguna manera, él había estado protegiéndome, al menos, manteniéndome cerca donde podía vigilarme. A pesar de que ella nunca me dijo la cantidad, siempre asumí que la suma fue lo suficientemente grande para que se viera forzada a quedarse en un pueblo pequeño de Montana. Y dado que ella validó la suma mensual en otra llamada telefónica que habíamos mantenido, tuvo que ser una suma bastante considerable.

Hasta que se detuvo ese ingreso cuando cumplí dieciocho. Por lo tanto, comenzó su nueva vida en California, donde nunca nevaba. Como Karl apenas tenía catorce en ese momento, y era justo como mi madre —nunca nos habíamos llevado bien y yo estaba emocionada de verlo marcharse junto con ella— había aprendido de la experta a buscar novias ricas una vez que se graduó de la secundaria. Nada de universidad para él. ¿Por qué iba a hacer eso cuando sus metas profesionales eran follar y casarse con una mujer y otra y otra hasta jubilarse?

Con respecto a Aiden Steele, nunca me aceptó públicamente como su hija, pero realmente no me importó. Mi madre siempre lo había pintado como un villano, pero me di cuenta de que, aunque había sido engañado en una noche salvaje, conoció sus verdaderas intenciones lo suficientemente rápido. Quizás debí haberme acercado y pedirle vivir con él, pero supuse que, si me hubiese querido, habría luchado más por mí.

Nadie sabía que yo era su hija. Aiden Steele no lo había compartido con nadie. Mi madre, definitivamente, tampoco. Ella no hubiese querido ser considerada una zorra por tener una hija fuera del matrimonio, sobre todo en aquellos días. Puse los ojos en blanco al pensar en eso. Sabía lo que todos pensaban de ella. Una cazafortunas. Decirle a todo el mundo que Aiden Steele era mi padre no hubiese cambiado las opiniones de nadie.

Sin embargo, ahora todo *cambió*. Él estaba muerto y me hizo una de sus herederas. Mi abogado murió, pero su hijo, Riley, se había hecho cargo del asunto. Él me notificó la muerte de Aiden Steele —como si no lo hubiese escuchado en los rumores del pueblo para ese momento— y me dijo lo de la herencia. Del dinero y las tierras que había heredado.

No obstante, le hice mantener en secreto el tema de la herencia, justo como hice con el dinero de la universidad. Nadie sabía que yo era una heredera Steele, y no había tocado ni un centavo del dinero. Nadie sabía que era rica. Ni mis amigas, ni siquiera Wilder y King. Si mi madre se enterara de esto…

Lancé la puerta del refrigerador, agarré mi teléfono. Mañana me iba a casar con Wilder y King y les contaría sobre mi padre y sobre la herencia antes de hacerlo, pero primero tenía que hablar con mi abogado.

"Riley, hola, es Sarah Gandry. Disculpa que te llame un domingo, pero ¿nos podemos ver? Tengo una noticia".

7

WILDER

"Princesa, ¿dónde estás?", pregunté, recostándome contra la baranda del porche de Sarah. Podía escuchar el matiz de pánico en mis palabras, pero como respondió su teléfono supe que no estaba muerta.

"Estoy en camino a casa", dijo ella, con su voz clara a través del teléfono. "¿Por qué?".

"Tu auto está en la entrada. Pensamos que estabas en el suelo y lesionada o algo".

"¿Me fueron a buscar?". Hizo una pausa. "¿Están en mi casa? ¿Me perdí que iban a pasar por ahí?".

A pesar de que no habíamos hecho ningún plan para hoy, apenas pude terminar algo del papeleo que había quedado del viernes. No había esperado encontrarme con Sarah y que cambiara todo mi mundo mientras estuviese fuera. No es que me importara. Maldición, no. Mi pene estaba duro con solo pensar en lo que habíamos hecho. En cómo había respondido ella. Cómo se había venido. Una y otra vez.

Se me hacía agua la boca con solo recordar su sabor dulce.

Hice mis reportes a medias para terminarlos, luego le escribí a King. Él estaba justo ahí conmigo, listo para ver a nuestra chica otra vez en vez de esperar hasta mañana. Así que cuando llegamos a su casa esperábamos que ella estuviese ahí; los dos nos asustamos. Su auto *estaba* en la entrada y ella no abría la puerta. Habíamos tocado el timbre dos veces, incluso golpeado. Nada.

King había ido hacia la parte trasera, observó por las ventanas de atrás mientras yo lo hacía adelante. Nada. Ella era una buena chica y tenía la mayoría de sus persianas cerradas —ningún maldito debería estar espiando como lo estábamos haciendo nosotros— y todo estaba bien cerrado. Pero eso no había tranquilizado nuestras mentes. La había visualizado tumbada en su bañera con una lesión en la cabeza o desangrada por un corte de cuchillo en la cocina. Monóxido de carbono. Mordedura de araña. Cualquier maldita posibilidad que pudiese ocurrirle a nuestra chica.

En vez de eso, respiré profundamente, fui racional y la llamé. Pude haberle escrito un mensaje, pero quería escuchar su voz para saber que nadie la hubiera secuestrado y estuviera escribiendo por ella. Sí, me estaba volviendo loco.

"No, no habíamos hecho planes, pero King y yo tenemos algo para ti y decidimos pasar por aquí".

"Oh, genial". Ella sonó complacida. "Estaré ahí en unos minutos".

Colgó y miré a King. Él lo había escuchado todo porque puse la llamada en altavoz.

Estaba jodidamente frío, incluso con el sol afuera. La nieve brillaba y me puse los lentes de sol por arriba de mi nariz.

"Vamos a tener que dejar que nos revisen", dijo King caminando por su porche. Me froté las manos juntas para calentarlas.

"No bromees. Vamos a tener que dejar de entrar en pánico cada vez que sale de la casa".

"O de nuestras vistas", añadió él.

Sonreí. "Entonces solo tendremos que mantenerla en la cama, ¿cierto?".

Él sonrió de vuelta. "Desnuda".

"Somos dos. Ella puede tener un pene dentro de ella en todo momento".

Sonreímos ante la posibilidad —no, probabilidad— y me ajusté en mis pantalones. Una vez que nos casáramos mañana con ella, no tenía intenciones de dejarla salir de la cama, o de nuestros penes, por un largo, largo rato. Para recuperar el tiempo perdido.

Una camioneta grande se estacionó enfrente de la casa y Riley Townsend salió, fue alrededor del capot y le abrió la puerta a Sarah. Ella saltó hacia abajo, nos vio y sonrió.

"Maldición, el hoyuelo", susurró King.

Sí, era jodidamente implacable y ella no tenía idea de su simple poder.

De lo que era ella.

Caminó por la acera, con sus ojos puestos en nosotros todo el tiempo.

"Hola", dijo ella; sus mejillas estaban rosadas. A pesar de que parecía ansiosa de vernos, lucía… tímida. Incluso, después de todo lo que habíamos hecho juntos, todavía era inocente.

Apenas. Solo una gran fuerza de voluntad y nuestros pantalones nos habían detenido de reclamarla la noche anterior. Y esta mañana.

"Ustedes conocen a Riley, ¿no?", preguntó ella.

Él dio un paso hacia adelante, me saludó con la mano, luego a King. "Por supuesto. Hace bastante".

Él era abogado y estuvo unos pocos años por delante de nosotros en la escuela. Habíamos jugado juntos en un equipo de softbol de la liga de verano hacía un tiempo.

"Vamos a, um…, salirnos del frío", sugirió Sarah.

"Me despediré, entonces. Ellos te verán en el rancho, supongo", dijo Riley mirando a Sarah.

¿El rancho?

"Oh, um…". Dirigió su mirada hacia nosotros, luego de vuelta hacia Riley. "Sí. Espero que agregar dos más no sea un problema. ¿Puedo llevar algo?".

Riley sonrió. "No será ningún problema. Kady y las otras mujeres van a estar muy emocionadas. Y con respecto a llevar algo, solo llévalos a ellos". Nos señaló a nosotros.

Con un pequeño saludo se dio vuelta y se dirigió a su camioneta, más ansioso por regresar a la calefacción.

"¿Nos dirigimos a un lugar, princesa?", pregunté.

Se estremeció un poco, luego sacó las llaves de la casa. Nos apartamos del camino para dejarla que abriera la puerta, luego la seguimos hacia adentro.

Se sacó las botas y me quedé mirando su trasero en esos pantalones, mientras lo hacía, recordé cómo lucía desnudo y rosado por nuestras manos.

"¿Quieren algo de tomar?", preguntó ella mientras nos sacábamos nuestras botas a su paso.

"¿Cuál es el problema?", preguntó King. "Te ves nerviosa".

Lo estaba. Sus manos se deslizaban hacia arriba y hacia abajo de sus muslos, como si estuviesen mojadas del sudor. Se mordió el labio y su respiración era diferente. Definitivamente, estaba nerviosa. Ella no podía escondernos nada a nosotros.

Respiró profundamente, dejó salir el aire, luego lanzó: "Aiden Steele es mi padre".

¿Qué?

¡Demonios!

Está bien, estaba equivocado. Ella, definitivamente, podía escondernos algo a nosotros.

"¿Qué?", preguntó King después de una larga, larga pausa mientras procesábamos sus palabras.

Suspiró, fue hacia la pequeña sala y caminó. Se llevó las manos al cabello. "No era mi intención que saliera así, pero ustedes tienen esta mirada mortal puesta en mí y yo no puedo *no* decirles las cosas cuando me miran de ese modo".

La seguimos hacia su habitación, pero nos quedamos dentro, a un lado de la puerta.

"Es bueno recordarlo, pero te faltó la parte importante", continuó King.

Sí, eso es lo que había dicho ella la primera vez.

"¿Por cuánto has sabido esto?", pregunté.

"Toda mi vida".

¿Toda su vida?

"Tu madre…".

"Sí, ella es mi madre", gruñó. "Ustedes son muy conscientes de que a ella le gusta coleccionar esposos ricos. Supongo que Aiden Steele fue su objetivo hace veinticuatro años. A pesar de que no lo ha admitido, yo creo que ella intentó atraparlo, pero él nunca cayó en la trampa".

"Y Riley es tu abogado", dije, uniendo parte de las piezas. Yo era amistoso con Townsend, pero no cercano. Sabía que él era abogado, incluso, sabía que era el albacea de la propiedad Steele. Demonios, todos en el pueblo lo sabían. Yo trabajé con Archer Wade, el alguacil del pueblo, y él me contó que se había enamorado de Cricket, una de las hijas que había venido a Barlow por su herencia.

Yo no sabía mucho sobre Aiden Steele. Lo había visto en el pueblo unas pocas veces con el paso de los años, pero nunca habíamos hablado. Por los cotilleos de Barlow, sabía que él nunca se había casado y hasta que falleció, nadie supo de ningún hijo que heredara su rancho. Había sido una propiedad Steele por generaciones. Pero ese mismo cotilleo se había alimentado después de su muerte cuando se descubrió que tenía cinco hijas a las que les había dejado el racho. Tres de ellas fueron encontradas. Riley, junto con Cord Connolly, se casó con la primera heredera que llegó. Kady.

No recordaba su apellido de soltera, pero sabía que se casó con ellos. Sí, con los dos. Ella también estaba *muy* embarazada de su primer hijo. Las otras dos mujeres, Penny y Cricket, también vinieron a Barlow en el verano pasado. Yo conocí a Penny la vez cuando se casó con Jamison, quien era el capataz del Rancho, y con Boone. Y con respecto a Cricket, no nos conocimos todavía, pero ella se enrolló con tres chicos —uno de ellos era Archer— y vivía en el rancho.

Quizás, reclamar juntos a Sarah no era tan raro como habíamos pensado al principio, especialmente ahora que era una Steele. No, ella siempre había sido una Steele.

"¿Cómo es que no te reconoció como su hija? Quiero decir, tú vivías en el mismo pueblo", preguntó King, mientras su mano frotaba la parte posterior de su cuello. "¿No estás molesta por eso?".

Sí, esto era una mierda fuerte.

Se encogió de hombros. "Yo siempre supe lo que él era para mí. Mi madre nunca dudó en golpearlo, pero lo hizo en silencio, en casa. Todavía lo hace", gruñó ella. "Ella no quería que nadie supiera. Como sea". Puso los ojos en blanco. "Él pagó mi manutención, me dio dinero para la universidad. Creo que hizo todo lo que pudo".

"Pudo haberte amado", lanzó King de vuelta. A pesar de que sus padres estaban muertos, ellos lo habían amado. No había duda de eso. Cuando él tuviese hijos —no, cuando *nosotros* tuviésemos hijos con Sarah— él iba a ser tan responsable como lo había sido su padre.

"Cierto, pero no sé si él era capaz de hacer eso. Quiero decir, tuvo *cinco* hijas. No reclamó a ninguna de ellas hasta que falleció. Creo que el dinero para la universidad fue la prueba de que se preocupaba por mí a su manera. Estoy bien. De verdad", añadió. Lucía bien, pero mierdas como esta podían supurar. Y como su madre era una perra, todavía estaba sorprendido de que ella no necesitara terapia.

Estaba molesto. Realmente molesto. ¿Cómo podría un padre no querer a Sarah?

"Yo estoy molesto por ti entonces", le dije.

Ella se acercó a mí, levantó su mano y cubrió su mandíbula. "Amo eso de ti". Su lengua se asomó, se lamió los labios. "Te *amo*".

Esas palabras. Demonios. Había estado esperando escuchar eso de ella desde hacía años.

"No me distraigas de querer matar a tu padre".

Sonrió y ese hoyuelo se levantó. "Qué bueno que ya está muerto. Estoy seguro de que hay una fila larga detrás de ti de cualquier forma. Quiero decir, Kady, Penny y Cricket todas tienen hombres que, probablemente, odien a Aiden Steele por la misma razón también".

"Sí, pero por lo que he escuchado, ellas nunca lo conocieron, nunca supieron que él existía", añadió King. Él también estaba molesto.

"¿Por qué no nos dijiste antes?", pregunté.

"Porque hasta ayer en la noche, no creí que las cosas fuesen a funcionar entre nosotros".

"¿Y ahora?", preguntó King. "Legalmente, te vas a casar mañana conmigo en el juzgado del condado. También serás de Wilder, pero tendrás mi nombre. Nuestros hijos heredarán el Rancho Barlow".

"Y parece que parte del Rancho Steele", añadí, pensando

en el rancho gigante a las afueras del pueblo. Es el único rival para el tamaño del de King. "¿Por eso es que estabas hablando con Riley?".

Ladeó la cabeza hacia un lado. "Algo así. Voy a buscarme una gaseosa. ¿Ustedes quieren una?", preguntó ella caminando hacia la cocina.

La seguimos.

"Princesa", empujé mientras tomó una lata del refrigerador.

"Cuando era más joven, mantuve en secreto quién era mi padre por mi madre. *Ella lo había* mantenido en secreto y ya era lo suficientemente difícil lidiar con ella". Sacó una segunda lata y la tomé, queriendo hacer otra cosa con mis manos que no fuese un puño. Odiaba a su madre.

"De verdad no me gusta tu madre", dijo King, exteriorizando mis pensamientos, saltándose la palabra *odio*, aunque sabía que eso era lo que quería decir.

Negó con la cabeza cuando le ofreció una lata.

Abrí la parte superior, le di un sorbo.

Sarah cerró el refrigerador, se movió a su pequeña sala comedor enfrente de un ventanal que permitía observar el patio cubierto de nieve. "Cuando crecí lo mantuve en secreto porque, bueno, pensé que se lo debía a mi padre. Él me pagó toda la universidad, hospedaje, libros. Todo esto para que yo no tuviese que trabajar a la vez. Como él no le había dicho a nadie, excepto a mí, elegí hacer lo mismo con respecto a él".

"Querrás decir que pagó por tu silencio", añadió King, tumbándose en la silla enfrente de ella, con sus piernas largas sobresaliendo por el piso de madera.

Me recosté contra el mostrador, bajé la lata y me crucé las manos sobre el pecho.

Ella negó con la cabeza. "Él me pagó la universidad —y mi madre no lo supo—. Él vivió un año más después de eso. Déjenlo ir. Ese no es el punto aquí".

King presionó sus labios juntos cuando se dio cuenta de que ella no iba a ceder. Puede que ella no lo tuviera, pero nosotros podíamos.

"Incluso, después de siete u ocho meses, no le he dicho a mi madre que lo heredé. Ella cree que yo no recibí ni un centavo y quiero que permanezca así. En el minuto en que escuchó que él había muerto, me llamó. Me preguntó si yo había heredado el rancho porque era su hija, que eso me pertenecía. En ese momento, ella no sabía sobre las otras hermanas, nadie sabía. Empezó a hacer todo tipo de planes con la casa principal, lo que le iba a hacer, los muebles que iba a comprar, cómo iba a vender todos los animales y después hablar con un ingeniero para construir un campo de golf o algo así".

Oh, mierda.

"Yo mentí. Le dije que yo ni siquiera fui nombrada en el testamento. Riley es el albacea del estado y yo le pedí que mantuviera el secreto. Como él es mi abogado, ha seguido mis peticiones. A pesar de que las personas saben que hay cinco hijas, nadie sabe que una de ellas soy yo. Hasta ahora, hasta ustedes".

Le dio un sorbo a su bebida, usó el dorso de su mano para limpiarse la boca. Fue un gesto poco femenino, pero dudaba que siquiera supiera que lo había hecho.

"Riley me ayudó a establecer un fideicomiso para el dinero, para que no sea obvio que es mío. Pero ahora supongo que se sabrá".

"¿Por qué?", preguntó King.

"Porque me voy a casar con ustedes".

"Eso es cierto, lo harás", dijo él tomando su mano en las suyas, besando los nudillos en un gesto visiblemente amable. "Pero eso no cambia nada. El dinero no me importa una mierda. Si quieres que Riley escriba algo, un acuerdo prenupcial o lo que sea que esté bien, pero mejor que lo haga esta noche porque legalmente mañana serás mía".

"Y mía", añadí. "Yo no tengo un rancho que darle a mi esposa como lo tiene King".

No lo tenía. Mi papá era dentista y mi mamá era ama de casa. A pesar de que no eran ricos, ciertamente, nunca les había faltado el dinero. Yo tuve todo lo que pude haber querido mientras crecía. Las cosas importantes como la familia, el amor, la seguridad de pertenecer. Sarah nunca tuvo eso.

Sarah se puso de pie, vino hacia mí y enrolló sus brazos a mi alrededor. Yo la atraje más, puse mi barbilla sobre su cabeza. "Yo no quiero ser rica", me dijo. "Nunca lo quise. Me gusta esta casa, mi vida tranquila. Sabía que obtener ese título de bibliotecaria de ciencias no me iba a dar montones de dinero".

"Una vida tranquila que podemos darte. ¿Y con respecto a esta casa? No vamos a caber todos aquí. Viviremos en el rancho de King si te parece. Montones de habitaciones para una familia".

Levantó su cabeza hacia arriba, sonrió. "Está bien".

La besé. No había forma de que pudiese resistirme. Sabía dulce como su bebida y como debajo, justo como ella.

"¿A dónde nos vas a llevar, princesa?", murmuré, mirando sus ojos oscuros, los cuales ahora estaban nublados con necesidad por el beso. "Riley mencionó que nos ibas a llevar a alguna parte".

"Al Rancho Steele. Una cena el domingo".

King se puso de pie, giró a Sarah para que lo viera, cubrió su mandíbula con su mano. "Pensé que querías que se mantuviera en secreto".

"El fideicomiso está establecido. Todo está arreglado para que mi herencia no esté a mi nombre. También pedí a Riley que los colocara a los dos como beneficiarios, de esa forma si me pasara algo, no le quedaría a mi madre. Eso es lo que él dijo hoy, porque de otra forma no hubiese sucedido. A pesar de que realmente no conozco a mis medias hermanas del todo, probablemente, ellas sean muy amables y no quiero que estén atrapadas con mi madre".

Odiaba la idea de que a Sarah le pasara algo, de que ella hablara de ese tipo de eventualidad, pero era inteligente. Realista. Sin nombrar a un beneficiario o sin dejar un testamento de cualquier forma, su madre se quedaría con los derechos de Sarah, y eso incluía una quinta parte del Rancho Steele. Y desde que salimos con lo del matrimonio la noche anterior, sin dudarlo tuvo que correr para ver a Riley hoy.

"Nosotros no queremos tu dinero, princesa", dije, asegurándome de que entendiera. "Solo te queremos a ti".

"Eso es cierto", confirmó King.

Ella sonrió dulcemente. "Lo sé, pero ustedes van a ser mis esposos mañana. Lo que es mío será de ustedes, y realmente no quiero que nada de esto sea para mi madre".

"Demonios, princesa, te amo", gruñí, besándola otra vez. Ella era tan distinta a su madre. No tenía ni un hueso de egoísta en su cuerpo.

Cuando la dejé respirar, dijo: "Tenía que contarles sobre mi padre, sobre el Rancho Steele antes de que nos casáramos. Una boda significaba que los tres nos convertiríamos en una familia y me di cuenta de que ya tenía una. Kady, Penny y Cricket son mis hermanas y las evité por este secreto. Realmente por mi madre. Ya no me lo quiero perder más".

King la levantó, así que ella quedó de puntillas, y también la besó. Con la boca abierta. Con un toque de desesperación porque no la habíamos besado ni le habíamos azotado el trasero desde esta mañana.

Cuando la bajó, estaba respirando fuertemente y sus mejillas estaban rosadas, esta vez, definitivamente, por nosotros.

"¿Dijeron que tenían algo para mí?", preguntó ella; sus ojos se veían emocionados por la idea de un regalo.

King sonrió. "Nunca adivinarás este regalo".

"¿Joyas?".

Los ojos pálidos de King se encontraron con los míos. "Tú dile".

"Eres buena, princesa. Definitivamente, joyas. Y te vas a ver hermosa usándolas".

8

 ARAH

"Esta no es la joyería que tenía en mente", dije, bajando la mirada hacia el reflejo en el espejo de mis senos desnudos sobre mi vestido. Colgando de cada uno de los pequeños aros dorados había una piedra roja como la sangre. Eran grandes, cerca de media pulgada de largo y no eran muy pesadas, pero como no estaba acostumbrada a ningún tipo de peso, definitivamente las sentía. Se balanceaban cuando me movía, rebotando contra mi piel.

"Oh, definitivamente, es algo que nosotros teníamos en mente", dijo King mirando fijamente; sus ojos pálidos de siempre estaban oscuros y nublados. Le gustaba lo que veía.

Cuando miré a Wilder, prácticamente, él también se estaba babeando al mirar las gemas.

"No hemos terminado, princesa", dijo Wilder, el brillo oscuro en su mirada era una señal de que se estaba retorciendo de necesidad masculina al adornar a su futura

74

esposa, para dominarla haciendo lo que ambos deseaban para su sumisión.

"¿Oh?". ¿Qué más podría haber ahí? No podía soportar más peso en mis pezones hasta que me acostumbrara. Como el efecto era hormigueante, el constante y leve tirón iba directo a mi clítoris y me producía dolor, hacía que se apretaran mis paredes internas.

Wilder metió su mano en la bolsa que King había ido a buscar a su camioneta. Wilder había dicho que, además de terminar el papeleo en la oficina de Pesca y Juegos, también se había tomado el tiempo de hacer una parada en una tienda para adultos para comprar unas… joyas.

Mis ojos se ensancharon y me giré para mirarlo. Jadeé ante la sensación de las gemas moviéndose salvajemente, halando mis pezones. Respiré, dejé que desapareciera el hormigueo. "¡Eso es enorme!".

Era un tapón anal de metal con una base de joyas del mismo color que las gemas de los pezones.

Wilder me guiñó el ojo. "Es del tamaño para novatos. Créeme, nuestros penes son mucho más grandes que esto. Te pondremos lista para ellos".

La idea de ellos follándome ahí, justo como lo habían hecho con sus dedos la noche anterior, me tenía apretándome otra vez. Gimiendo.

"Bájate esos pantalones, princesa, y vamos a decorarte toda", dijo King, recostándose contra la puerta de mi armario. La cama no era grande y se sentía pequeña con los dos acercándose. Yo también me sentía pequeña.

Me miraron fijamente, esperando. Wilder estaba sosteniendo el tapón; King agarró la pequeña botella de lubricante de la bolsa. Dios, esperaba que no hubiese mucho más ahí. Pero esto era mi elección. Todo esto. Bueno, ellos se iban a casar conmigo, incluso, si yo no quería un tapón en mi trasero. Podía decir rojo y ellos respetarían eso, quizás solo usarían sus dedos y jugarían como lo habían hecho la noche anterior. Eso sería lo más dominante por hacer —en comparación—. Pero ¿yo quería eso? Demonios, no. Yo no quería dominar. Nunca lo quise.

¿Y el tapón? Era grande para mí, y no estaba completamente segura de cómo iba a entrar, pero sus penes *eran* más grandes. Podía decirlo por los bultos impresionantes que eran obvios incluso ahora. Ellos me habían dicho la noche anterior que, eventualmente, me follarían al mismo tiempo, uno en mi vagina, el otro en mi trasero. Habían comenzado esas preparaciones la noche anterior, entrenándome el trasero, como ellos lo llamaban. El término era un poco mortificante, pero había sido divertido. Además, ellos no me presionarían a hacer más de lo que podía manejar. Y solo me habían dado placer y una azotada, lo cual nunca les había dicho que me gustaba.

Respiré profundamente, me desabroché los pantalones, los bajé por encima de mis caderas.

"Voltéate", dijo King, su voz en ese tono profundo hacía que me dieran escalofríos en los brazos. Obedecí. "Manos sobre el vestido. Buena chica. Ahora ponte abajo sobre tus antebrazos. Sí, así".

Me moví como él quería, acomodándome para quedar recostada con el trasero afuera.

"Arquea tu espalda y muéstranos ese hermoso trasero", añadió Wilder. "Demonios, princesa, mira lo hermosos que lucen esos pezones con las gemas colgando".

Sentí cómo estaban siendo halados y eso me hizo humedecerme, y ellos fueron capaces de notarlo en cuestión de segundos.

Curvando la columna, mi trasero quedó hacia afuera. Siempre pensé que esa parte de mí era demasiado grande, porque siempre fui considerada la chica bajita y con curvas. Pero por la forma en que King y Wilder lo miraban fijamente noté que les encantaba la forma que tenía. Incluso, lo habían aprovechado, lo habían azotado, habían jugado con él.

Jadeé cuando un chorro frío del lubricante se deslizó sobre mí.

"Respira profundamente, princesa", dijo Wilder. Los dos hombres estaban detrás y los miré por el espejo. Sentí la presión fría del tapón mientras entraba. Sus miradas estaban puestas en mí, ahí, mientras el objeto era empujado lentamente. Chillé cuando la parte más ancha me abrió, luego se deslizó a su lugar con un *plaf* silencioso y pegajoso.

"Ahí", dijo Wilder. "Hermoso".

King agarró mi brazo y me ayudó a ponerme de pie, pero con mis pantalones justo por encima de mis rodillas, estaba un poco desequilibrada. Él se agachó para ponerse de cuclillas. "Vamos a sacarte esto".

Levanté una pierna mecánicamente, luego la otra para ayudarlo. "Iremos al Rancho Steele pronto".

"Es cierto. Usarás toda tu linda joyería en la cena".

Me congelé. "¿Qué? ¡No puedo hacer eso!".

King me giró y su rostro estuvo justo alineado con mi vagina. "Sí, sí puedes. Y lo harás".

"No estarán hablando en serio", contesté.

"Muy", añadió Wilder mientras volvía de lavarse las manos en mi baño. "Puedes decir tu palabra de seguridad si quieres". Levantó una ceja.

No me estaba lastimando. No estaba *realmente* incómoda. Se sentía raro. Extraño. Lleno. Y las gemas de los pezones solo hacían un constante tirón lo cual hacía que me excitara. Y ellos lo sabían.

"No, estoy bien".

"Entonces harás lo que complace a tus hombres".

"Al menos necesito ropa", me quejé. Ahí era donde marcaba la línea, donde me escucharían decir *rojo*.

King besó la piel desnuda justo por encima de mi pista de aterrizaje, luego se detuvo.

"Princesa, ningún hombre te va a ver así. Esas joyas hermosas son solo para nosotros. Ve a buscar una falda o un vestido que ponerte. Los pantalones no van a ser cómodos con el tapón y tendrás una gran marca por la forma en que tu vagina está goteando".

Duh. Y, dios, debería estar mortificada, pero las palabras de King solo me ponían más caliente. Y más húmeda. Sí, una falda, definitivamente, era lo que requería.

Con un pequeño azote a mi trasero desnudo, me apresuraron hacia mi armario para que encontrara algo que funcionara con las gemas en mis pezones y un tapón en mi trasero. Sí, conocer a mis tres medias hermanas por primera vez iba a ser genial.

∽

KING

"¿Cómo lo estás llevando?", le pregunté a Sarah, atrayéndola a mí para abrazarla. Besé la parte de arriba de su cabeza, olí su champú de frutas. Sentí la presión dura de las gemas colgando de sus pezones contra mi pecho.

Ella había tenido una cena intensa, aunque todos habían estado geniales. Riley les había dicho a todos que nos esperaran, pero no por qué. Fue el abogado secreto de Sarah hasta el final.

Sin embargo, eso significaba que Sarah fue el centro de atención. Haberles dicho a las otras tres mujeres que eran sus medias hermanas fue duro, especialmente, porque todas vivían en el mismo pueblo hacía seis meses o más, se habían visto por ahí, incluso habían hablado con Sarah en la biblioteca mientras ella mantenía el secreto.

Ellas no se molestaron y entendieron la situación, especialmente porque la mayoría de los chicos sabía de su madre desde que crecieron. Permanecieron callados como si tomaran en serio la frase, *si no tienes nada bueno que decir, no digas nada en absoluto*.

Tenía la sensación de que yo no era el único chico al que se le había lanzado la mamá de Sarah. En lo que respecta a las cuentas bancarias, puede que yo fuese dueño de una gran casa, tierras que habían pertenecido a mi familia desde el año 1800 y que estaban valoradas en una fortuna, pero Lee era un montador de rodeo profesional y él, probablemente, nadaba en el dinero de sus ganancias. Cord tenía su propio negocio de investigaciones y los otros…, bueno, todos trabajábamos duro. Ninguna de las mujeres Steele iba a necesitar nada, eso estaba jodidamente seguro.

"Estoy bien", dijo ella enrollando sus brazos sobre mí. Estábamos en el gran salón de la casa principal del Rancho Steele, aunque la había apartado a un lado. En el sofá estaba su muy embarazada hermana, Kady, y su otra muy embarazada hermana, Penny. Las dos lucían como si se hubiesen tragado una pelota de básquetbol cada una. Con solo seis meses, para mí, se veían listas para parir.

La idea de dejar a Sarah embarazada tenía a mi pene retorciéndose en mis pantalones. Saber que el bebé que creciera dentro de ella era algo que haríamos juntos, y junto con Wilder, era excitante y despertaba a mi Neandertal interno. Pero todavía no íbamos a mencionar niños. Una vez que le pusiéramos nuestros anillos en la mañana, podríamos hablar de todo lo que ella quisiera. Y si un bebé era lo que ella quería, seguro que pondríamos todo el esfuerzo en hacerlo posible.

"Abrumada", añadió ella.

"Pensé que estarías nerviosa", dije.

Inclinó su cabeza hacia arriba para mirarme y susurró: "¿Cómo puedo estar nerviosa si en todo lo que puedo pensar es en el tapón en mi trasero?".

Sofoqué un gemido. Wilder, quien había agarrado un *brownie* de un plato de la gran mesa del comedor, miró en nuestra dirección. Le di un ligero consentimiento con la cabeza y se metió el postre en la boca, luego fue a unirse a Cord y a Archer, quienes parecían estar hablando acaloradamente sobre la caza, de acuerdo con los gestos de sus manos.

Cricket se sentó en el regazo de Sutton mientras los otros dos hombres la flanqueaban, todos ellos ocupando el sofá grande enfrente de Kady y Penny. Cricket se rio de algo que dijo Penny. La rubia bajita tenía su mano reposando sobre su vientre gigante; Boone tenía su mano puesta sobre la parte posterior de su cuello y la masajeaba.

"No te preocupes, nos haremos cargo de ti cuando lleguemos a casa. Si necesitas venirte antes, solo déjanos saber y te llevaremos a una habitación vacía y te comeremos hasta que te vengas. Sabes lo mucho que nos gusta comer tu vagina".

Ella gimió y todas las cabezas se voltearon. Afortunadamente, su cuerpo estaba bloqueando de la vista la forma en que mi pene se estaba endureciendo como una viga de hierro ante ese sonido.

"Sarah, no puedo creer que mañana vayas a casarte sin ninguna dama de honor", dijo Kady. "Ahora todas te podemos acompañar".

De las tres hermanas, Kady era la mandona. Quizás, porque era una maestra capaz de manejar a las personas mejor que cualquier perro guardián. Mientras que Cricket se había mantenido por sí misma durante toda su vida y se había graduado en diciembre con un título de enfermera, ella era la callada. Al menos en comparación. Penny era la apacible, aunque también parecía ser la más visiblemente voraz por sus hombres. No me había perdido la forma en que Boone se la había llevado a algún lado, justo antes de la cena, y ella regresó con la gran camisa de franela que llevaba abotonada incorrectamente y una muy satisfecha sonrisa en su rostro.

Nadie había hecho un comentario, excepto Kady que molestó a su hermana por su habilidad para venirse tan rápidamente.

"Oh, um, está bien", dijo Sarah. A pesar de que tenía un hermano menor, ellos no eran cercanos. Ella básicamente se había criado a sí misma. Afortunadamente, no se parecía en nada a su madre loca. Pero no significaba que Sarah no estuviera abrumada por todo lo que le había pasado en un lapso de veinticuatro horas.

Era hora de hacer un movimiento a lo Boone, especialmente porque no podía hacer nada con una pipa en mis pantalones.

Tomé su mano. "Discúlpennos", dije a toda la sala, y arrastré a Sarah por todo el pasillo. Abrí una puerta, encontré un baño y luego seguí. En la parte trasera de la casa encontré el salón de lavandería. Era grande, con un montón de mostradores y lugares de almacenamiento. Una pequeña ventana con miraba hacia la pradera. Aseado increíblemente. O Cricket y sus hombres tenían un TOC o había otra sala de lavandería en la casa. El espacio era perfecto para lo que yo quería hacer. Y privado.

Cerré la puerta detrás de mí.

"King, ¿qué estamos haciendo aquí?", preguntó ella mirando alrededor.

"Quiero mi postre".

Frunció el ceño y cuando me puse de rodillas delante de

ella, sus ojos se ensancharon. "¿Aquí? ¿Ahora? ¿Qué pasa con Wilder?".

Sonreí mientras mis manos se deslizaban arriba de sus piernas vestidas con medias negras. "Aquí. Ahora. Wilder puede tener su turno más tarde. No siempre te tomaremos juntos, princesa. Algunas veces serás solo mía, como ahora, algunas veces obtendrás una buena follada de Wilder. Algunas veces te reclamaremos juntos. Tendremos nuestros propios dormitorios y te compartiremos".

"Oh", susurró ella, entendiendo un poco más cómo iba a comenzar esto mañana.

"No puedo esperar hasta que te llevemos a casa para poner mi boca sobre ti. Te amo. Amo comer tu vagina. ¿Estás húmeda para mí?".

No tenía duda de que lo estaba, pero amaba ver la forma en que sus mejillas se ponían rosadas ante la pregunta, la forma en que asentía tímidamente. Ya habíamos hecho todo tipo de cosas sucias y pervertidas, pero seguía siendo virgen.

"¿Qué van a pensar todos?", susurró como si los demás pudiesen escucharla. Podía ser que lo hicieran cuando gritara de placer en un minuto.

"Pensarán que tu hombre se está haciendo cargo de ti". Deslicé mis manos hacia arriba por sus rodillas, más alto aún y encontré el borde superior de sus muslos apretados. La vista de la lana gruesa en contraste con la piel pálida y tersa de sus muslos internos me tenía apresurado. La deseaba. Muchísimo.

"Levanta tu falda. Más arriba. Sí, así. Buena chica", la elogié cuando tenía la tela enrollada hacia arriba, por su cintura. Debajo, llevaba medias blancas altas y nada más. Su vagina estaba desnuda. Cuando deslicé mis manos alrededor y cubrí su trasero, sentí la base del tapón anal con joyas en las yemas de mis dedos.

"Qué buena chica", repetí. "Tan húmeda. Todo por el

tapón, ¿no es así? ¿Has pensado en algo más que tener tu trasero lleno y bien profundo? ¿En que nos complace?".

No la dejé responder, en vez de eso le puse mi boca. Lamí toda esa necesidad. Su sabor tan dulce me llenó la lengua. Su aroma maduro y fuerte colmó mis sentidos. Y toda esa humedad pegajosa me cubrió la boca y la barbilla.

Sus manos fueron a mi cabello mientras ella sostenía la falda, la tela oscura quedó por encima de mi cabeza. Sus dedos se enredaron en mi cabello mientras yo encontraba su clítoris y la hacía tener un orgasmo en cuestión de segundos. Mi chica estaba bien preparada y lista para irse. Cuando se vino, se chorreó encima de mí y lo lamí todo. Demonios, sí.

La puerta se abrió y Sarah se inmovilizó, sus dedos se apretaron en mi cabello, pero no estaba preocupada. Sabía que era Wilder. Si hubiese sido otra persona y no él, hubiese tocado sobre todo porque al bajar hasta el final del pasillo la hubiesen escuchado a ella venirse y ahora necesitábamos un poco de privacidad. Estaba completamente cubierta, la falda encima de mí e incluso así, mi rostro protegía su vagina. A todo lo que echarían un vistazo sería a mí de rodillas entre sus muslos separados.

Me puse de pie otra vez, me limpié la boca con el dorso de la mano. Sarah presionó su falda hasta abajo instantáneamente, aunque Wilder ya había visto todo lo que ella tenía para ofrecer. Y más arriba.

"Mi turno". Wilder presionó sus manos contra su pene a través de sus vaqueros.

Sabía cómo se sentía. Mis pelotas dolían de necesidad de hundirse en esa vagina, de cubrirse de toda esa miel pegajosa. Mañana. *Mañana*.

Me puse de pie, besé a Sarah una vez más y luego me fui. Cuando cerré la puerta detrás de mí, las palabras de Wilder me siguieron. "Voltéate y levántate esa falda, princesa. Muéstrame tu linda joya".

Sonreí mientras me escabullía hacia el tocador para limpiarme, y tuve que pensar en béisbol y en desparasitar ganado para que mi pene se bajara lo suficiente para poder volver a juntarme con los otros.

Mañana no podía llegar lo suficientemente pronto. Era mejor que Sarah pasara tiempo suficiente con sus hermanas esta noche porque no las vería, ni a ellas ni a alguien más, por un tiempo una vez que dijéramos nuestros votos.

ARAH

"Oh, dios mío, ¿qué te hicieron esos dos allá adentro? Luces como si necesitaras una siesta", dijo Kady trayéndome a la cocina.

Uno de los hombres entró a la sala, pero ella le dio una mirada intensa, él se dio vuelta y se fue. No estaba segura de quién era. Estaba demasiado descolocada para prestar mucha atención.

"¿Sarah?", preguntó Penny.

Mis tres hermanas se pararon delante de mí mirándome fijamente. Los vientres de Kady y de Penny se separaron y ayudaron a darme más espacio. Eran afectuosas y les gustaba hablar muy cerca, dos cosas a las que yo no estaba acostumbrada.

"Estoy bien", respondí.

Todas sonrieron. "Sí, podemos ver eso", dijo Cricket. "Supongo que el sexo es bastante bueno".

"Todos los hombres de Barlow son muy hábiles", comentó Kady mirando a Cricket.

"¿Has tenido sexo con un montón de hombres de Barlow?", contestó Penny.

"Dos. No olvides, hermanita, que Boone justo te dejó salir hace no más de una hora", dijo Kady con voz descarada. "Entre nosotras cuatro hemos reclamado a nueve hombres de Barlow. Diría que ese es un muy buen número".

"No tuvimos sexo". Las palabras se deslizaron y todas se quedaron mirándome con ojos ensanchados. Esperaba que mi ropa estuviera bien puesta en su lugar. Wilder había retirado las gemas de mis aros de pezones y el tapón de mi trasero, y usó el fregadero en el salón de lavandería para limpiarlo antes de metérselo en el bolsillo de su camisa. Ahora me sentía vacía, mi trasero quedó un poco sensible por haberse estirado alrededor del tapón. Me hacía preguntarme cómo se iba a sentir con sus penes finalmente follando mi vagina. ¿Me iba a sentir llena como lo hacía con el tapón? ¿Quemaría y dolería igual? ¿Sus penes iban a ser demasiado? ¿Me iban a caber?

Miré hacia la otra sala y miré a Wilder que estaba de pie cerca de la chimenea. Sí, estaba tomando café y hablando con Cord con un tapón anal metido en el bolsillo de su camisa. A pesar de que no podía ver el bulto usual de su pene que se inclinaba hacia su cadera en este momento, sabía que estaba ahí, sabía que era grande. Realmente grande. Me aferré a la nada, mis muslos estaban resbaladizos mientras se frotaban entre sí. Mi clítoris se estremeció con la necesidad de venirme. Otra vez.

Wilder y King me hacían completamente insaciable, y ni siquiera habíamos follado.

"¿No tuviste sexo y aun así luces como si hubieses tenido un montón de orgasmos?", preguntó Penny. "Jamison es así. A Boone le gusta el sexo, le gusta ver qué tan rápido puede hacerme venir en su pene, pero a Jamison le gusta jugar. Para calentarme, dice él, para cuando lleguemos a casa".

Me miró con ojos soñadores como si no pudiese esperar a llegar a su casa en ese momento.

Cricket dirigió su cabeza hacia Penny. "Esto, incluyendo las palabras atrevidas, viniendo de la virgen del grupo. Obviamente ya no lo es". Cricket puso una mano sobre el vientre de Penny.

Me reí ligeramente. "Supongo que ahora esa soy yo".

"Tú eres... no puede ser". Kady negó con la cabeza, claramente no me creía. Se puso una mano sobre la cintura como para aliviar la incomodidad del embarazo. "Ustedes, chicos, se han conocido desde siempre. No puede ser que simplemente se hayan juntado de la nada y se vayan a casar".

"¿No nos crees?". Les contamos a todos que habíamos tenido citas en el pasado, pero en ese momento, no había salido bien, hasta ahora. Aunque finalmente nos íbamos a casar. Nadie necesitaba saber que nos gustaba el fetiche o que de casualidad nos encontramos en la fiesta de sadomasoquismo en el Desembarque de Hawk.

A Kady se le cayó la boca.

"Por supuesto que está diciendo la verdad", dijo Penny. "¿Por qué mentiría?".

Me sentía rara, de pie en el medio de la cocina con las tres, prácticamente, en mi rostro y gritándome. No estaban siendo groseras, pero sí inquisitivas, como asumía que debían ser las hermanas.

"¿Puedo tomar un poco de café?", pregunté desviándome.

Penny, quien parecía ser una persona más complaciente que las otras, fue a buscarme una taza. Kady me miró, intentando decidir si había mentido o no. Cricket solo negó con la cabeza y puso los ojos en blanco.

"Yo he estado enamorada de Wilder y de King desde hace años. Desde que tenía trece. Eso es bastante raro siendo tan joven y todo, así que solo los dejé ir hasta que salimos en el verano pasado". Me encogí de hombros. "Realmente no funcionó, pero los volví a ver la noche anterior. Las cosas solo… encajaron. Aun así, es una locura comprometerse después de menos de veinticuatro horas".

"¿Una locura? Todas estamos locas", dijo Penny señalando a las tres con el dedo. "Cricket tuvo un rollo de una noche que se convirtió en un fin de semana con tres chicos, uno de ellos terminó siendo Sutton, quien trabaja aquí en el Rancho Steele el cual ella heredó casualmente. Kady se acostó con sus hombres a horas de haber llegado a Montana".

"En el porche de enfrente", añadió Kady claramente orgullosa de eso.

"Y yo perdí mi virginidad como un vestido de graduación", agregó Penny. "Créeme, eres una hermana Steele".

"Pudiste habernos dicho quién eras y lo hubiésemos mantenido en secreto", dijo Kady.

"¡Ja!". Soltaron al mismo tiempo las dos, Cricket y Penny, como si eso hubiese sido imposible.

Penny me miró. "Como sea que haya sido el comienzo con Wilder y King, ahora te vas a casar. Es realmente romántico", dijo ella extendiéndome una taza humeante. Estaba contenta de que había cambiado el tema. "¿Azúcar o leche?".

"Leche, por favor".

"Yo te la traeré", dijo Cricket. "Ve a recostarte contra el mostrador o algo antes de que venga Jamison y te haga sentarte". Señaló a Kady. "Tú también. Lo juro, los hombres sobreprotectores son la razón por la que sigo usando la píldora".

Sabiendo que ella tenía razón, Kady y Penny fueron a buscar taburetes de la isla de la cocina y se sentaron, recostando sus codos sobre el mostrador detrás de ellas para darles espacio a sus vientres.

Cricket me trajo un pequeño cartón de leche y derramé un poco en mi taza, luego se lo devolví.

"Ustedes dos deben haber quedado embarazadas inmediatamente", supuse en vista de que solo estaban en Barlow desde el verano pasado.

"Bastante rápido", dijo Kady.

"La primera vez", compartió Penny.

La primera vez. Eso iba a ser mañana para mí. Qué bueno que yo tenía un DIU o de no ser así, probablemente, me quedaría embarazada ahí mismo. No dudaba que Wilder y King serían viriles y atentos. Y como King había dicho que me iban a llenar de tanto semen que gotearía toda la semana, ellos se asegurarían de que eso pasara.

"Estoy impresionada de que te hayas guardado para el matrimonio. Va a hacer que mañana sea realmente especial", dijo Penny.

"¿Ustedes también se casaron inmediatamente?", pregunté viendo el hermoso anillo en sus dedos.

Ella sonrió. "Oh, no. Es una larga historia, pero yo perdí mi virginidad la primera noche que estuvimos juntos. Pero me había guardado, aunque no fue como si los conociera de toda la vida, como tú con Wilder y King. Eso solo resultó así. Ahora estoy contenta".

Asentí entendiendo. "Exactamente. Simplemente no hubo nadie que yo hubiese querido aparte de Wilder y King. Así que nunca sucedió". Me ahorré que me gustaba el fetiche, que me gustaba la sumisión. Puede que ellos supieran que me perdí en el salón de la lavandería, pero no iba a compartir lo del tapón anal y las nalgadas. "Y no soy yo la que quiere esperar para tener sexo. Son ellos. Yo puse mis manos sobre la hebilla de sus cinturones, excitada, pero se negaron a quitarse los pantalones hasta que fuese de ellos". Levanté mi mano izquierda, moviendo mi dedo del anillo desnudo.

King se acercó, agarró mi taza de café y le dio un sorbo. "¿Todo bien?", preguntó él, sus ojos azules me estudiaron detenidamente.

Me mordí el labio, asentí. Me besó la frente y luego se fue.

Rompimos en risa.

"Solo puedo imaginarme qué hay debajo de esos pantalones", dijo Cricket, con sus ojos iluminados de humor.

Penny golpeó su brazo. "Lo dice la mujer que tiene tres penes para ella sola".

Miramos fijamente a Penny por un segundo, luego empezaron a reír otra vez.

Me había perdido esto. Las hermanas. Era bastante increíble. Y ahora las tenía, además de Wilder y King. No se podía poner mejor... a menos que me pudiera meter en sus pantalones.

~

WILDER

"Eso fue rápido", dijo Sarah mientras agarraba su cintura y la levantaba hacia la camioneta de King.

Estábamos en el estacionamiento del juzgado del ayuntamiento de Barlow, el edifico de ladrillo viejo de fin de siglo detrás de nosotros. King tenía en su mano la licencia de matrimonio, su firma y la de Sarah como esposo y esposa, la mía como uno de los testigos.

King había levantado la consola del centro para que ella se pudiera sentar entre nosotros. De ninguna maldita manera se iba a sentar en la parte posterior. Quería estar tan cerca de Sarah como fuese posible. Me subí al asiento al lado de ella.

Sus hermanas y sus hombres vinieron para ser testigos, pero se fueron, sabiendo que queríamos llevar a Sarah a casa y sola. Y desnuda.

"Claramente el juez sabía que necesitaba dar la versión corta de los votos de boda", dijo King, deslizándose detrás del volante. Guiñó un ojo. "Señora Barlow".

Demonios, el sonido de Sarah teniendo el nombre de King hacía que mi pene se pusiera duro. Era oficial.

Habíamos llegado exactamente a las nueve en punto, ninguno de nosotros quería esperar un segundo más de lo necesario para hacerla nuestra. Si tan solo ayer no hubiese sido domingo y el juzgado no hubiese estado cerrado, ya ella hubiese sido nuestra. Levanté su mano izquierda, vi la banda de oro sencilla que King le había puesto en el dedo con sus votos. Acercándome a mi bolsillo saqué mi anillo para ella. Lo sostuve. Quería hacerlo oficial entre nosotros también.

Los ojos de Sarah se movieron hasta los míos. Se lamió los labios que estaban brillantes con algún tipo de brillo de chicas. Aparte de eso, tenía un poco de maquillaje. Algo oscuro y ahumado que resaltaba sus ojos de color whisky y sus cejas. Pestañas gruesas. Y esos labios… maldición.

"Con este anillo me caso contigo", dije con voz profunda. Clara. No importaba que estuviésemos en la camioneta de King mientras decía las preciadas palabras. Mientras estuviese con ella, poniéndole mi anillo en su dedo, era todo lo que importaba. "Para amarte y respetarte desde este día hasta que la muerte nos separe".

Las lágrimas llenaron sus ojos, se deslizaron por sus mejillas mientras yo le colocaba mi banda de plata en su dedo para que se uniera con la de King. Lado a lado se veían perfectas.

"Te amo, Wilder", susurró ella.

"Yo también te amo", gruñí. Mirando alrededor supe que este no era el lugar para besar a mi novia. No cuando acababa de casarse con King. "Ahora que estamos unidos, llevemos a casa a nuestra esposa. Quiero besarla apropiadamente. He estado esperando esto por años".

King encendió el motor sonriendo. Sí, él también lo sentía. Teníamos a nuestra chica. Entre nosotros, toda legal. Ahora nada nos separaría. Y pronto íbamos a reclamar todo de ella. Cada centímetro dulce y caliente.

El viaje al Rancho Barlow usualmente tomaba treinta minutos. Nosotros lo habíamos hecho en veinte. Y en un minuto, fuimos hacia arriba, a la habitación de King.

Cuando cerró la puerta detrás de él, exhalé. Era esto. El momento. Sus anillos brillaban en su dedo por el brillo del sol que entraba a través de la ventana. La cama era lo suficientemente grande para los tres, al menos para follar. Estábamos solos. Demonios, no había nadie alrededor por millas. Sarah no iba a tener que contener ningún sonido de placer. La escucharíamos venirse, la escucharíamos mientras la tomáramos por primera vez. Ella no iba a tener que contener nada. Nunca más.

Y eso empezaba ahora mismo.

Miré a King y él asintió. A pesar de que Sarah lucía nerviosa, también parecía excitada. Su cuerpo se retorcía con adrenalina, con necesidad. Sus ojos estaban casi negros y sus pezones estaban duros a través de su bonito vestido blanco. Nosotros habíamos colgado nuestros abrigos en la entrada.

No era un vestido de novia, pero era perfecto. Con la parte superior sin mangas, a King se le hizo fácil deshacer el moño en su nuca, dejando que la tela cayera a su cintura. Estaba desnuda por debajo. Ningún sujetador. Solo sus senos hermosos, pálidos, con los pezones grandes, puntas gordas y los malditos aros. Se me hacía agua la boca por chupar uno.

Desde atrás King besó el punto donde se unían su cuello y hombro, deslizó sus manos hacia sus caderas y sacó el vestido. Cayó a sus pies.

"Demonios, princesa", susurró King. "Eres toda una buena chica. Tan jodidamente pervertida".

Le di una palmada a mi pene a través de los pantalones. Con solo mirarla, tenía líquido preseminal saliéndose. "Tan pervertida", estuve de acuerdo. "Yendo a la corte y parándote delante del juez sin ningunas bragas ni sujetador".

Se le puso la piel de gallina y se estremeció. No estaba ni un poco frío en la habitación y sabía que era esa adrenalina otra vez. Ella deseaba tanto esto, pero no sabía qué hacer. Qué bueno que tenía a dos hombres a cargo.

"Quítate esos hermosos zapatos", dije, "agáchate cuando lo hagas. Quiero un último vistazo de esa vagina virgen".

Se quejó, pero hizo lo que demandé. King se movió para poder apreciar también la vista erótica. Un trasero con forma de corazón, una vagina rosada toda brillante y resbaladiza. Muslos cremosos llenos de esa bondad dulce y pegajosa. Me lamí los labios recordando su sabor.

Una vez que se puso de pie delante de nosotros, desnuda de la cabeza hasta los pies, King acercó su mano y ella dio un paso hacia él. "De rodillas, princesa".

Frunció el ceño, pero lo hizo inmediatamente, sus rodillas acolchadas por la alfombra suave.

"Abre más tus rodillas. Bien. Muéstranos lo que nos pertenece. Manos sobre tus muslos, hombros hacia atrás". King la guio a donde él quería.

"Tan jodidamente hermosa", comenté. Esos anillos de pezones se levantaron hacia nosotros y brillaron en la luz como lo hacían nuestros anillos de boda.

King tomó la gargantilla del bolsillo de su camisa, la sostuvo para que ella la viera. Era una cadena plateada sencilla con un pequeño diamante centrado en el frente.

"Ahora eres nuestra esposa. Los anillos en tu dedo lo prueban. Pero siempre eres nuestra sumisa. Estamos a cargo de todo en la habitación, pero también afuera cuando se trata de tu seguridad, tu comodidad. No dejaremos que nada te lastime. Nuestro trabajo es protegerte".

Sarah levantó la mirada hacia nosotros a través de sus pestañas oscuras. Asintió y King continuó.

"Esta gargantilla es como un collar, un signo de que tu sumisión es nuestra. Mientras los otros la pueden ver como una linda pieza de joyería, nosotros sabremos que tu vagina, tus orgasmos, tus placeres nos pertenecen".

"Y usarlo es una señal externa de que estás de acuerdo con esto, que te sometes a nosotros, que te entregas a nosotros, abiertamente, plenamente. Completamente".

"¡Sí!", gritó, lista para ponerse de pie.

King estiró su mano para inmovilizarla.

Moviéndose detrás de ella, deslizó su cabello largo por su hombro para que cayera sobre su seno izquierdo, después enrolló la gargantilla en ella, el diamante se posicionó en la base de su garganta. Era una cadena pequeña, nada estranguladora, pero delgada. Delicada. Femenina. Nadie que la mirara sospecharía el escondido —y muy importante— significado.

Una vez abrochado, levantó la barbilla para poder ver. "Perfecto".

Le tendí una mano y ella la tomó, se puso de pie.

"¿Estás bien?", pregunté. Si tenía alguna preocupación, alguna inquietud, cualquier razón por la que no quisiera proceder a pesar de que, prácticamente, había gritado su consentimiento, quería saberlo ahora. Porque a pesar de que era virgen —no por mucho más— la habíamos empujado a esto justo de la forma que ella quería.

"Abrumada, pero de una buena manera. Quiero decir, hace apenas dos días yo pensaba que ustedes dos eran aburridos y ahora estamos casados. Ha pasado realmente rápido".

Eso era cierto, había sido así. Al mismo tiempo... "Ha sido

jodidamente lento, princesa. No han sido dos días, han sido diez años".

"Si no estás lista, esperaremos", dijo King. Él llevó sus dedos por toda la curva de la gargantilla. "Si quieres aburrimiento, tendrás aburrimiento".

Frunció el ceño. "¿Por qué pensarían eso ahora después de todo lo que hemos hecho? Quiero decir, ayer tuve un tapón en mi trasero por tres horas y ahora estoy desnuda mientras ustedes dos siguen vestidos. Otra vez".

King se rio ante sus ojos puestos en blanco y mi corazón se alivió. Levantó sus manos, una para cubrir la mandíbula de King, la otra para cubrir la mía. Su piel estaba tibia y suave y respiré su aroma. Levantando mi cabeza, besé la cara interna de su muñeca.

"Los quiero a los dos. Yo también he esperado por bastante tiempo. Simplemente no puedo creer que los dos sean realmente míos".

"Créelo", dije, luego hice una pausa, bajé el tono. "Vamos a hablar de unas cuantas cosas mientras que nuestros penes están bajo control. ¿Estás en control de embarazo?".

Se sonrojó con una bonita sombra rosada, del mismo color que los pezones. "DIU".

"¿Eso significa que no puedes quedar embarazada por cinco años?", preguntó King. No éramos expertos en los detalles de las formas de control de embarazo, lo cual significaba que siempre habíamos usado condones. Cada vez. La única mujer a la que queríamos marcar con nuestro semen era Sarah.

Ella asintió. "Cuatro años más. No entraré en detalles sobre mi útero, pero tampoco tengo la menstruación".

A pesar de que no tenía nada en contra de follar a nuestra princesa mientras tuviese su menstruación —ninguna parte de ella estaba fuera de alcance en lo que a mí respectaba—

esta noticia solo hacía las cosas más fáciles. "No hay nada malo con un útero trabajando".

Su sombra rosada se tornó más oscura. "No estoy lista para un bebé. Quizás algún día. Podemos hablar de esto y siempre me pueden quitar mi DIU, pero por ahora…".

"Por ahora, te tendremos toda para nosotros mismos", dije posesivo de repente. Ni siquiera quería compartirla con un bebé que le hiciéramos. Todavía no. Como ella dijo, algún día querría una casa llena de niños.

"Ninguno de los dos ha follado nunca sin condón. Hoy, contigo, será la primera vez. Estoy limpio", dijo King.

"Yo también. Abajo tenemos los resultados de los exámenes si quieres ver".

Ella negó con la cabeza, su cabello sedoso se deslizó por encima de sus hombros desnudos. "Les creo".

Asentí. "Bien. Entonces te tomaremos desnudos. Nunca habrá nada entre nosotros".

"Está bien", asintió rápidamente.

"Bien, ahora desvístenos, princesa. Ahora puedes tener todo de nosotros. Puede que estés usando esa gargantilla que dice que te sometiste, pero nuestros penes te pertenecen".

 ARAH

E<small>L PESO DE SUS ANILLOS ERA UN GRAN RECORDATORIO DE QUE</small> King y Wilder me pertenecían, pensaba mientras desabrochaba los botones de la camisa de Wilder, luego la de King, cuando ellos se sacaban las botas. Saqué la camisa de Wilder por sus hombros desnudos, la dejé caer al suelo, luego me dirigí a la de King. Fui de ida y vuelta, hacia uno y otro, hasta que se quedaron solo con sus pantalones.

Los había visto así la otra noche, pero ahora las cosas cambiaron. Eran mis esposos. Podía tomarme todo el tiempo que quisiera y tocar, lamer, saborear. Pero no quería esperar ni un segundo más para meterme en sus pantalones. Los orgasmos que me habían dado el día anterior en el salón de lavandería del Rancho Steele fueron los últimos y yo estaba más que lista para más. Estaba cachonda, caliente y necesitada. Prácticamente, habían estado provocándome con todas las cosas que me habían hecho en todos los rincones de mi vagina. Estaba ansiosa por ser llenada.

Puse mis manos en las hebillas de sus cinturones, como lo había hecho antes, y esta vez me volvieron a detener. Podía ver sus penes duros presionando contra sus pantalones. El de Wilder se curvaba hacia arriba hacia su cintura; si crecía siquiera un poco más, seguramente se saldría la punta. Y King, dios, el de él era tan largo que lo tenía bajando por la cara interna de su muslo. Era como un tubo. La mano de King cubrió la mía.

Levantando la mirada, fruncí el ceño. Molesta por haber sido detenida. Quería verlos, tocarlos, lamer, chupar. Dios, lo que sea que quisiera. Podía hacerlo ahora que eran mis espo…, la mano de King se apretó. "¡Ey! ¿Por qué me hiciste detenerme? Pensé…".

"Cambio de planes, señora Kingston Barlow. Si tocas mi pene, me voy a venir en toda tu mano. Quiero todo ese semen en tu vagina. Nada de tocar en esta primera vez".

"¿Estás hablando en serio?", pregunté, no muy segura de si estaban bromeando conmigo otra vez.

King se bajó el cierre, metió su mano dentro de sus pantalones y sacó su pene.

"Oh, dios mío", suspiré mirándolo fijamente. Sabía que se me estaban saliendo los ojos de la cara, como una caricatura. ¡Era inmenso! Grueso y largo, la cabeza era ancha y tenía forma de hongo. Un nido de rizos de color arena estaba en la base y se ofrecía obscenamente hacia mí. Estimaba unos veinte centímetros de largo, quizás más, y no había forma de que yo pudiera pasar mis dedos por toda esa cosa, agarrarlo como lo estaba haciendo él ahora. Era de color rojo rubicundo; una vena recorría su longitud en la parte superior pulsando sangre caliente. La pequeña hendidura de la punta tenía una gota de fluido claro y observé cómo se deslizaba desde la corona estupefacta. Colgando debajo del impresionante eje, estaban sus pelotas, grandes y pesadas, demostrando su virilidad. Cuando dijo que quería su semen en mi vagina ahora sabía cuánto de eso tenía.

Apreté mis paredes internas preguntándome cómo iba a entrar. ¿Era demasiado largo? ¿Todo él iba a poder meterse dentro de mí? Y mi trasero. ¿Él esperaba que *eso* cupiera allí?

Apartó su mano, pero permaneció erecto por sí solo mientras abría su cinturón, sacó la larga longitud a través de su cinturón de cuero con un chillido.

"Hablo en serio. ¿Quién está a cargo, princesa?", preguntó él.

"Tú y Wilder, pero…".

"No termines ese *pero*, princesa, o tu *trasero* estará rojo y caliente antes de que te follemos".

Me mordí el labio.

"Ya te has olvidado de quiénes tienen el control aquí", dijo él. Dando un paso hacia adelante, me sorprendió cubriendo mi vagina con su mano. "¿De quién es esta vagina?".

Jadeé ante el contacto. "Tuya y de King", respondí rápidamente; mis ojos se cerraron. A pesar de que no estaba presionando contra mi entrada, a la que se negaban a acercarse, las yemas de sus dedos estaban *justo ahí*. Sin pensarlo, meneé mis caderas y jorobé su mano.

"Tan necesitada. Tan codiciosa", dijo King observando.

Lo estaba. Eran tan malvados al no tocarme. Al no llenarme. "Lo necesito", admití sin avergonzarme.

"Lo sabemos", dijo King apartando su mano.

Se fue hacia su cama, arrancó la cobija y la sábana de arriba de la cama y ambas cayeron al suelo. Su pene no hacía nada, pero me señalaba mientras él se movía. "A la cama, princesa. Cabeza sobre las almohadas. Ponte cómoda. Vas a estar ahí por un rato".

No estaba segura de qué iba a pasar exactamente, pero, al menos, me estaba dirigiendo en la dirección correcta. Yo, desnuda en la cama, era un comienzo. Me arrastré hacia arriba de la cama y me puse de espaldas en el medio, mi cabeza quedó sobre una almohada como me indicaron.

King se acercó a un lado, tendió su mano. Yo la alcancé; él enrolló sus dedos y me dio un apretón de manos. Luego tomó su cinturón e hizo un bucle, lo enrolló alrededor de mi muñeca y lo ajustó. Fruncí el ceño mientras observaba, luego levantó mi mano hacia arriba, a un lado de la cabecera de la cama y, de alguna manera, enrolló el cinturón para que se quedara fijo. Mi brazo izquierdo estaba hacia afuera de la esquina de la cama.

King bajó la mirada hacia mí, probó el cuero que estaba en mi muñeca. "¿No está muy apretado?".

"No", susurré lamiéndome los labios. Halé de la restricción y supe que estaba segura. Su pene estaba a tan solo unos centímetros de mí, casi al nivel de mis ojos. Estaba chorreando líquido preseminal, como si ya no pudiese contenerlo más, como si verme así lo estuviera empujando al borde. Ahora lo entendía, por qué estaba tan húmeda, con mis muslos internos resbaladizos mientras me movía sobre la cama suave.

Giré la cabeza cuando volví a escuchar el chasquido de un cinturón; vi que Wilder se había sacado su propio cinturón de sus pantalones y lo estaba enlazando como lo había hecho King.

"¿Cuál es tu palabra de seguridad, princesa?", preguntó él. Lo miré, luego a King que se estaba quitando los pantalones. Había visto su pene, pero una vez que los pantalones cayeron al piso estaba completamente desnudo. Ahora que no podía tocarlo.

Automáticamente, le di mi mano libre a Wilder, sabiendo que también iba a atar mi otro brazo. Mientras lo hacía, dije: "Rojo".

"Buena chica. Asumo que nunca antes has estado atada.

¿Necesitas decirlo ahora?", preguntó él, su mirada recorrió cada pulgada desnuda, atada, mientras se desabrochaba sus pantalones y se los bajaba de las caderas.

"No". Moví mis caderas, me retorcí un poco dándome cuenta de que no iba a ir a ninguna parte. Estaba completa y totalmente a su merced. Y eso era muy excitante. "¿Van a amarrarme para mi primera vez? ¿Así es como van a tomar mi virginidad?".

Los dos se quedaron inmóviles, King agarrando la base de su pene, Wilder haciendo una pausa mientras se quitaba los pantalones.

"Si quisieras el misionero simple y dulce, hubieses roto esa cereza en el baile de graduación", dijo King. Levantó su barbilla. "Separa esas piernas, princesa. Vamos a ver esa vagina. Si no está empapada de tu miel dulce por estar a nuestra merced, te desataremos y te follaremos suave y lentamente".

Wilder volvió a colocarse sus pantalones.

"¡No!", grité, intentando acercar mis manos a él, pero todo lo que hice fue golpearme con la cama. Sí, muy poco atractivo.

Sus manos se detuvieron, los pantalones reposaban abajo de sus caderas, su pene apuntaba directamente hacia mí. Él era tan grande como King, pero más grueso. La cabeza era diferente, no tan ancha, pero con esa circunferencia que no creía que importara. Me retorcí otra vez en la cama, esta vez por un motivo diferente. Mi vagina suplicaba por ser llenada con esa cosa gigante. Con la de King también. Y no lo quería suave y lentamente.

King tenía razón. Lo quería así. Quería someterme, saber que ellos iban a hacer lo que quisieran, donde no podía hacer nada, sino aclarar mi cabeza de todos los pensamientos desordenados y solo sentir. Solo follar.

"¿No?", preguntó Wilder. "¿No, no separarás tus piernas

para nosotros? ¿No, no quieres estar atada? *No* no es rojo, princesa".

Me lamí los labios. A pesar de que habíamos jugado, hecho cosas, enrollado, o como sea que eso se llamara —aunque tener a dos ahí abajo y hacer juegos serios con el trasero, que incluían un gran tapón anal, probablemente, no estaba como *enrollarse* en el diccionario— esto era diferente. Iban a tomar mi virginidad. No había vuelta atrás. Sentía el peso de sus anillos en mi dedo. Tampoco había vuelta atrás con los votos de boda. A pesar de que yo era la que estaba atada, era la única con el poder aquí. Si decía mi palabra de seguridad, ellos me desatarían. Estaba a salvo con ellos, con mis emociones, quizás algunas de las que ni siquiera conocía todavía, a salvo con mi cuerpo, a salvo con mi sumisión.

"No, por favor, no dejes de quitarte los pantalones", dije, con mi voz extremadamente en calma aunque estaba muy alterada. Wilder sonrió y los empujó otra vez hacia abajo mientras continuaba. "No, no quiero que me desaten ni que me follen lento y suave".

Fue el turno de King de sonreír y comenzó a deslizar su puño hacia arriba y abajo de su longitud, agarrando el fluido que se salía de la punta.

"Tienes razón, King". Valientemente, planté mis pies sobre la cama, lo que hizo doblar mis rodillas, y las separé, aún más. "No quiero el misionero simple y dulce".

Se pusieron de pie a cada lado de la cama; Wilder se acercó, cubrió mi rodilla y la haló hacia él. King hizo lo mismo. Me abrieron. Obscenamente, sobre todo en la brillante luz del día. No estaba titubeando debajo de las sábanas en la oscuridad.

Los dos hombres estaban mirando mi vagina, viendo el cabello recortado, la pista de aterrizaje limpia. Sabía que mis pliegues se habían separado tanto que podían verme *todo*. No podía esconderme de ellos. Ellos lo querían todo de mí y me estaban forzando a darles todo.

"Chorreando". Wilder comentó, con su pene balanceándose como si estuviese ansioso por llegar a mí. *Dentro de mí.*

"Pero no lista para nuestros penes", añadió King.

"¿Qué? Estoy lista. Más que lista". Mi cabello era un enredo detrás de mi cabeza, mis brazos continuaban separados y atados. Mis pezones estaban duros y apuntando al techo. Cada centímetro de mí estaba expectante. Suplicaba por ellos. "Por favor".

"Ah, ella suplica tan hermosamente", le comentó Wilder a King como si yo no estuviese ahí. "Pero está pensando demasiado".

"Exactamente, lo que significa que, definitivamente, no está lista".

Los dos movieron sus miradas hacia mí. "¿Quién está a cargo, princesa?", preguntó Wilder.

"Tú y King". Escuché el mohín en mi voz y quería dar pisotones con mis pies, pero me tenían completamente inmóvil.

"Eso es cierto, lo que significa que suena mucho, como si estuvieras tomando el mando".

Suspiré. Lo estaba. ¡Pero eso era tan duro! También lo eran sus penes y los quería dentro de mí. ¡Ahora!

Wilder sostuvo una mano sobre mi rodilla, pero se arrastró a la cama, se recostó y se colocó entre mis muslos. Sus manos fueron a cubrir mi trasero y me miró con ojos oscuros. Observé mientras bajaba la cabeza, aplastaba su lengua y me lamía.

Me sobresalté ante el calor del movimiento, pero no me podía mover, no podía hacer nada sino tomar la próxima lamida y la siguiente. Mi mirada se sostuvo en la de Wilder, pero finalmente se cerró, demasiado abrumada con lo que estaba haciendo él. Mis ojos se abrieron cuando sentí un dedo girar en círculos en mi entrada, luego introducirse hacia adentro.

"¡Sí!". Grité. ¡Finalmente!

Escuché el chapoteo de la humedad, sentí la separación de su dedo mientras trabajaba dentro de mí. Lentamente, adentro y afuera, simulando lo que sabía que iban a hacer sus penes dentro de poco.

Cuando Wilder curvó su dedo en sincronización con el chasquido de su lengua sobre mi clítoris, me tensé, contuve la respiración, miré el techo fijamente. "Oh, dios mío. ¿Qué. Fue. Eso?".

King se rio. "Si puedo suponer, diría que Wilder encontró tu punto G".

"Hazlo de nuevo", dije con respiración entrecortada. Levanté la cabeza, bajé la mirada por mi cuerpo desnudo hacia Wilder. Su mirada estaba fija en la mía y la vista de él entre mis piernas separadas era muy perversa. "Sé que no se supone que deba ser mandona, pero necesito eso. Lo que sea que sea la cosa en remolino. Dios, *necesito* que lo hagas otra vez".

Wilder levantó su cabeza. "Así de bueno, ¿eh?". Sus labios estaban brillantes, su barbilla radiante. Sabía que estaba muy húmeda, pero ver esto era realmente ardiente. Sus dedos se curvaron.

"Oh, sí".

Lo hizo de nuevo, y de nuevo y trajo su otra mano alrededor, rozando su pulgar por mis pliegues pegajosos, luego sobre mi clítoris.

Tiré de mis ataduras, la sensación de su pulgar era como una corriente eléctrica. King cubrió mis senos, haló los pezones, movió los anillos.

El pulgar desapareció de mi clítoris y gemí, pero en cuestión de segundos descubrí a donde se había ido. A mi trasero. Cubierto de mi excitación, mi entrada trasera estaba pegajosa y también lo estaba su gran pulgar. Presionó y por la forma en que estaba su mano se metió directo hacia adentro. De cierta forma, no podía poner ninguna resistencia para detenerlo. Me abrí a su alrededor, sentí la punzada de dolor, las extrañas sensaciones que había experimentado de sus dedos y el juego del tapón antes. Pero combinándolo con su dedo, no, dedos…, añadió un segundo… en mi vagina, y fue mucho mejor.

"¡Me voy a venir!".

"Buena chica", dijo Wilder. "Te vas a venir y cuando lo hagas, King te va a follar".

"Eso es cierto, princesa. Voy a abrirte alrededor de mi pene grande y voy a tomar esa cereza. Voy a abrirla suave y duro. Hacerte mía. Después voy a follarte, a romperte y luego llenarte con mi semen".

Gemí ante las palabras. Entre eso y los dedos de Wilder me vine. Arqueando mi espalda me puse tensa, grité. Nunca antes me había venido así, nunca me sentí tan intensa, tan caliente, tan brillante. No tenía idea de lo que sería cuando…

"¡No!", grité cuando los dedos de Wilder se deslizaron fuera de mí.

La cama se hundió, se movió mientras yo seguía viniéndome y apenas procesé que Wilder se había quitado, King se instaló entre mis muslos, esta vez inclinándose sobre mí, alineando su pene y metiéndose dentro.

Mis ojos se ensancharon mientras me abría. Luego me abrió, incluso más.

"Oh, dios mío".

Me retorcí, me moví, tratando de tomarlo todo. Entraba más y más profundo, mientras yo continuaba viniéndome. Él realmente tenía una viga en sus pantalones. Se sentía como si estuviese siendo empalada.

"Maldición, princesa. Tan ajustada", gruñó King, su frente

estaba presionada suavemente contra la mía. Sentí los cabellos de su pecho haciéndome cosquillas en los pezones mientras me besaba suavemente. "Nunca antes había sentido algo tan rico. Estás cubriendo mi pene con toda esa crema dulce".

Demasiado para ser tierno. Habló tan sucio como era posible y eso me hizo chorrearme incluso más sobre él.

Mis paredes internas se agitaron y apretaron alrededor de él, intentando ajustarse mientras permanecía quieto. Había visto lo grande que era. Se *sentía* inmenso. Caliente y grueso, ahora sabía por qué lo llamaban reclamar.

"Por qué… ¿por qué no te estás moviendo?". Suspiré después de un minuto, moviendo mis piernas sintiendo los fibrosos cabellos de sus muslos contra mis pantorrillas. Estaba tan cálido, caliente, incluso. Su piel estaba pegajosa del sudor y el aroma a sexo y a King se mezcló entre nosotros.

King levantó su cabeza, me estudió. "Solo quiero asegurarme de que no te lastimé. Rompí tu cereza, princesa, con mi gran pene". Su voz sonaba profunda, cortada, como si le estuviese costando hablar. Noté sus músculos contraerse, su pene pulsar dentro de mí, a pesar de que sus caderas no se habían movido.

Negué con la cabeza solo un poco, me lamí los labios. "Lo hiciste, pero no lo hiciste". Respiré profundo, lo dejé salir. No solo era raro tenerlo adentro, tenerlo encima de mí era diferente. No era pesado, porque se sostenía en sus antebrazos, pero sus caderas estaban presionadas contra mí. Me sentía… clavada. Atravesada. "Mi ginecóloga rompió mi himen cuando me colocó el DIU adentro. Dios, eso dolió. Así que soy virgen, pero no me dolió como mis amigas me dijeron que había sido su primera vez. Y tienes razón. Tu pene es realmente grande".

Él sonrió. Así de cerca, sus ojos estaban oscuros, con un azul nublado, y su sonrisa era como el cielo.

"Vamos a intentar algo", suspiró él, saliéndose lentamente. El deslizamiento de su pene sobre mis tejidos recientemente sensibilizados me tenía jadeando. Cuando empujó de vuelta hacia adentro, gemí.

No podía mover mis brazos, pero enrollé mis piernas alrededor de su cintura, crucé mis tobillos.

"Creo que le gusta", dijo Wilder, instalándose en un borde de la cama. Observando.

"Me gusta". Cerré los ojos cuando King comenzó a moverse. Follando. Adentro y afuera, un movimiento pegajoso que golpeaba todo tipo de lugares que no sabía que existían. "Dios, se siente tan bien". Pero con solo mirar a King sabía que esto no era todo de él.

"Esto realmente no es quitar el control del mando". Miré a la derecha hacia mi muñeca atada con un cinturón. "Pero me tienen amarrada. Me quieren a su merced. No te contengas. No estoy diciendo rojo. Estoy diciendo verde. *Muy* verde".

Los ojos de King se incendiaron y luego me recorrió el cuerpo con la mirada. "Tienes razón, princesa. Pero no te quiero lastimar".

Negué con la cabeza otra vez. "No lo harás. Eres grande, dios, eres tan grande, y estaré inflamada, pero no duele. No como pudo haberlo hecho la primera vez. Por favor".

King miró a Wilder, el cual asintió.

"Está bien, princesa. Nada de contenerse".

Pero en vez de follarme duro, se salió por completo. Jadeé ante el movimiento, luego el vacío.

Sus manos fueron a la parte trasera de mis muslos mientras se sentaba, agachó la cabeza y puso su boca sobre mí, su lengua yendo directo a mi clítoris. Después de tenerlo adentro, esto era realmente intenso, me empujaba a una completa excitación.

Me estaba conteniendo —tanto como podía— y gritando su nombre antes de que me soltara.

"Así está mejor", dijo él, acercándose de nuevo a mí. "Ahora vamos a follar".

Se alineó hacia arriba y se metió dentro de mí.

Grité y me vine, tan llena y con su pelvis presionada contra mi tan sensible clítoris. Pero no dejó de atravesarme. Su mano se deslizó por mi pierna hasta mi tobillo y lo levantó hasta su hombro, cambiando el ángulo. Se movía hacia adentro y hacia afuera, sus caderas como un émbolo. Duro, tan duro que nuestros cuerpos chocaban entre sí.

El orgasmo me tenía en un jadeo acelerado, nunca se terminaba, hundiéndome en sensaciones. No estaba segura de si su pene era mágico o si solo ser penetrada y follada se sentía así de bien todo el tiempo, pero era demasiado.

"No puedo… demasiado", suspiré. El sudor recorrió mi piel y su agarre en mi tobillo estaba apretado.

No se detuvo.

"Apenas estamos comenzando, princesa", dijo, su voz era como un gruñido.

"Solo…".

No podía pensar, no podía procesar nada mientras levantó mi otra pierna, las dos arriba en sus hombros. Ahora bajó la velocidad, el ángulo lo hacía estar tan profundo que golpeaba la última parte de mí.

Una boca se instaló en mi pezón. Bajando la mirada vi la cabeza oscura de Wilder. "Otra vez", suspiró él contra mi acalorada piel.

Cerré los ojos, verlos a ellos era demasiado.

"Eso es cierto, princesa. Te vendrás otra vez, pero no hasta que yo diga. Y te vendrás conmigo, ordeñando mi pene y tomando todo mi semen bien profundo".

Mi cabeza se volvió hacia atrás y hacia adelante cuando un dedo hizo círculos en mi clítoris. "¡Me voy a venir!" Grité.

"No". La única palabra de King me tenía jadeando. "Te vienes y azotaré tu trasero".

Era demasiado, *ellos* eran demasiado. Me iba a venir. Era como un tren de carga de placer sin freno. Mi espalda se arqueó, mis brazos halaban de las ataduras. Quería tocarlos, acercar a Wilder, apartarlo. No podía controlar nada.

"Mierda, princesa, te corriste por todo mi pene. Quieres ser azotada".

"No, necesito…".

"Nosotros sabemos lo que necesitas", suspiró Wilder, haciendo círculos más rápidamente sobre mi clítoris.

King se hundió aún más profundo. "Ahora. Córrete ahora".

Lo hice. No hubo grito esta vez, solo sensación de calor. King gruñó, sus muñecas seguían apretadas en mis tobillos, casi dolorosamente. Se quedó inmóvil, muy profundo dentro de mí. Realmente pude sentir el calor de su semen mientras era expulsado en mi interior. Me llenaba, salía de su pene y se derramaba hacia mi trasero.

Apenas pude recuperar el aliento cuando sentí que la cama se movió y se soltó el cinturón de mi muñeca. Una, luego la otra, hasta que estuve liberada. Las manos de Wilder sobaron mis brazos, mis hombros. Sabía que era él porque King no se había movido, su pene seguía dentro de mí.

Bajó mis piernas a cada lado de sus caderas, colapsando totalmente sobre mí y su cabeza estaba sobre mi hombro, su respiración entrecortada. Bajé mi mano libre, acaricié su cabello. No pude evitar la sonrisa expandiéndose en mi rostro, incluso mientras seguía con los ojos cerrados.

Tan perfecto.

Se salió de mí cuidadosamente, se puso de pie. Wilder me

ayudó a levantarme, me sostuvo en sus brazos, mis piernas seguían abiertas alrededor de las caderas de King.

"Tú estás… todavía estás duro", comenté. El pene de King estaba de un color rojo rubicundo, cubierto de una capa gruesa de nuestros fluidos mezclados.

Sonrió. Su rostro estaba relajado, sus ojos saciados. "Princesa, esto no se va bajar pronto en ningún momento. Es el turno de Wilder, pero no te preocupes, este pene no será desatendido. Pronto volverá a estar dentro de esa vagina perfecta".

Sabía que esas palabras no eran alardeo, eran una promesa.

"Manos y rodillas, princesa", dijo Wilder con voz profunda. Ansiosa. "Mi turno".

Cuando ese pene grande se deslizó dentro de mí, sabía que yo tampoco iba a ser desatendida.

ING

TRES DÍAS. NO LA DEJAMOS SALIR DE MI CASA DURANTE ESE período. Tampoco se había puesto nada de ropa en ese tiempo. Bueno, se había puesto alguna lencería de encaje y ropa interior de encaje, que Wilder había ido a comprar a la tienda de adultos. A él le gustaba comprar esas mierdas. A mí me gustaba quitárselas. Y en especial disfrutaba ver a Sarah con eso puesto por un rato.

Bragas sin entrepierna. Satén rojo. Corpiños y corsés. Cadenas de pezones y vibradores. Todo era dinero bien gastado. Y Sarah lo aceptó todo, hizo hermosamente todo lo que le habíamos pedido. Oh, su trasero fue azotado bastantes veces —estaba demasiado saciada en ocasiones y no estaba tan emocionada con el tapón anal que vibraba con un control remoto—, pero de cualquier otra forma, se había sometido. Y no había dicho rojo ni una vez.

Básicamente le gustaba un pene dentro de ella mientras

estuviese despierta. El mío todavía estaba duro. Tres días después de follar hasta llenarla.

Wilder había tenido que regresar al trabajo esta mañana, Sarah también. Cricket y Penny fueron amables y cubrieron a Sarah en la biblioteca —Kady no podía faltar a la escuela— y fue como su regalo de bodas hacia nosotros para que pudiésemos tener unos días de seudoluna de miel. Pero a pesar de que Sarah estaba de vuelta en la biblioteca a tiempo completo no significaba que no podía verla. Afortunadamente, yo era mi propio jefe y el pequeño establecimiento estaba tranquilo cuando llegué. Fui después del almuerzo intencionalmente para ver a mi chica; cualquier visita de un grupo escolar habría llegado a primera hora de la mañana y las mamás con hijos pequeños iban de vuelta a casa para la hora de la siesta.

Atravesé las puertas hacía quince minutos, sacudí los pies sobre la alfombra para quitarme la nieve. La acción hizo que Sarah levantara la mirada desde su asiento detrás del escritorio principal y sonriera. Lucía jodidamente sexy como bibliotecaria. Su cabello oscuro estaba amarrado hacia atrás en una cola de caballo simple; su blusa blanca, bien planchada y abotonada casi hasta el cuello. Recordé cómo había llevado puesta esa blusa la pasada noche del sábado, amarrada al final para mantenerla cerrada y poder cubrir ese corpiño de zorra.

Sí, debajo de esa fachada de santurrona mi chica era una zorra para mí. Una pequeña zorra ansiosa y sumisa. Y ella amaba eso.

Y yo la amaba a ella.

Se puso de pie mientras me acercaba a ella, el mostrador de madera original nos separaba. La biblioteca era uno de los edificios originales de Carnegie. No se había actualizado mucho a lo largo de los años, además de las alfombras y la electricidad para que el edificio no se incendiara y para que hubiese internet para las computadoras, al igual que la calefacción antigua que también fue modernizada. Me gustaba lo antiguo. De niño venía aquí con mi madre y esto realmente no había cambiado nada. Por supuesto, en ese el momento jamás me imaginé que me iba a casar con la bibliotecaria.

Y de adolescente jamás me imaginé que iba a chasquear los dedos y a llevar a esa misma bibliotecaria a la sala trasera para sacar el tapón anal de talla grande que Wilder le había colocado en el trasero esa misma mañana para que después sea follada. *Ahí.*

Después de cerrar la puerta, me puse de rodillas sobre su pequeño escritorio, levanté su falda y con mucho cuidado le saqué el tapón. Entre los tapones y su primera penetración anal la noche anterior, el agujero se estaba acostumbrando a ser usado. Esta vez, cuando me deslicé hacia adentro, ella supo relajarse y respirar, para dejar que el lubricante, que me había metido en el bolsillo de mi abrigo, la cubriera e hiciera su trabajo.

"Tranquila, princesa. No quieres que nadie sepa que te están follando el trasero".

Ella gimió y su trasero se apretó.

"Maldición", susurré. Estaba demasiado ajustada como para que yo durara y jugué con su clítoris como a ella le gustaba para acabarla, la apretaba, y el alivio mientras se venía destruyeron cualquier habilidad que pudiese usar para hacer que durara y la inundé de mi semen. "No puedo esperar a que Wilder y yo te tomemos juntos. Yo estaré bien profundo dentro de tu trasero, justo así, con Wilder llenando esa vagina".

Mi mano golpeó el escritorio de madera al lado de ella mientras mis pelotas se vaciaban. El pensar en nosotros finalmente reclamando a Sarah juntos me destruía. Esa iba a ser la última sumisión.

Se puso rígida cuando sonó el timbre de la puerta de entrada.

Lenta y cuidadosamente me retiré de ella, observé cómo parte de mi semen se chorreó después. Agarrando el tapón, lo llené con más lubricante y se lo volví a colocar. Dándole una palmada en el trasero alisé su falda de nuevo y luego la ayudé a ponerse de pie.

"El tapón mantendrá todo ese semen adentro. No quisiera que a la bibliotecaria del pueblo se le escurriera todo eso por los muslos mientras está alcanzando los libros".

Sonreí ante su expresión saciada y ligeramente mareada. Puede que se acabara de venir, pero sabía que no estaba verdaderamente saciada. Un rapidito no iba a ser suficiente para mi chica. Y las palabras sucias y el tapón la mantendrían caliente todo el día. Estaría saltando sobre mí tan pronto como llegara a casa.

"Tienes a alguien allá afuera", la miré por encima de mi hombro. "Y tengo unas cosas que hacer. Wilder vendrá a buscarte a la hora de cerrar".

Me agaché, le di un beso. Me di cuenta de que no había dicho una palabra desde que llegué. "Prepárate, princesa. Wilder va a desearte tanto como yo".

Le di otro beso. "Te amo".

Sonrió, se llevó una mano al cabello. "Yo también te amo".

Sí, eso era todo lo que necesitaba decir.

SARAH

"Hola, puedo ayudarte a encontrar un...". Se me cayeron las palabras tan rápido como mi sonrisa cuando vi quién había llegado al establecimiento.

King se había ido y yo me había tomado un minuto para

arreglarme en el pequeño baño privado fuera de la sala. Pero no era alguien de Barlow buscando un libro para leer, sino Karl, mi medio hermano. Él nunca había leído un libro en su vida, al menos no uno sin imágenes.

"Sarah, luces… ruborizada".

Sus ojos saltones me recorrieron. Me había asegurado en el baño de que mi cabello estuviese peinado, mi camisa arreglada, mi falda abajo. Pero no podía hacer nada sobre el color de mis mejillas o la mirada de bien satisfecha en mis ojos. Bueno, esa mirada se fue con él aquí, pero el rubor seguía ahí.

"¿Qué estás haciendo aquí? Pensé que Montana era demasiado frío para ti".

Me giré sobre mis talones, fui detrás del escritorio. Nosotros nos parecíamos, nuestros cabellos del mismo color casi negro, nuestros ojos eran igualmente oscuros. Desafortunadamente, parecíamos hermanos. Desafortunadamente, nos parecíamos a nuestra madre. Pero ahí era donde terminaban las similitudes entre nosotros.

Karl era un imbécil. De niño en vez de llevar su almuerzo a la escuela, se robaba un almuerzo diferente todos los días. Estaba en la secundaria en California cuando yo me fui a la universidad —se terminó mi soporte financiero de Aiden Steele ahora— y él me dijo que solo salía con chicas ricas de su clase, aprovechándose de ellas para ir de paseo y comida a cambio de sexo.

Me estremecí ante el pensamiento.

Lo había visto un par de veces con el paso de los años, demasiadas realmente, pero rara vez en Barlow.

Se paseó por el escritorio con sus pantalones de trescientos dólares y abrigo grueso caro, jugó con los lápices al lado del papel de borrador. Quería tirar de ellos por sus dedos bien arreglados, pero había aprendido desde hacía mucho tiempo a no mostrarle ninguna frustración. A no mostrarle ninguna emoción en lo absoluto porque él se alimentaba de eso. Justo como nuestra madre.

"Estoy en Montana porque está todo tranquilo en el trabajo", respondió él.

Levanté una ceja. "¿Tú tienes un trabajo?".

Se encogió de hombros, aunque apenas se notaban debajo de su chaqueta. "Mamá quería que la ayudara", respondió él.

"Te refieres a que tu última novia te dejó".

Sus ojos se estrecharon con una rabia rápida, pero sonrió. Oscuramente. "Cambió la clave de su tarjeta del CA".

Lo que significaba que estaba quebrado.

"¿Y mamá?". ¿Por qué ella vendría para acá? Pensé que tenía algo con un vendedor de yates".

Se levantó del mostrador, fue al área de los asientos y se tumbó en una de las sillas de cuero gastadas. Sus pies se levantaron hacia la mesita de café en el medio, se derritió la nieve que goteaba de sus zapatos sobre la madera. Afortunadamente no se llenó la selección de revistas del centro. Me puse de pie agarrando una pequeña toalla que usaba para quitar el polvo que estaba debajo del mostrador, la rodeé y fui hacia él. Me crucé de brazos lanzándole la toalla al pecho, pisoteando con el pie. Esperé.

Tuvimos una competencia de miradas fijas por treinta segundos. Yo *no* iba a limpiar detrás de él. Finalmente se sentó, bajó los pies al piso y limpió su desastre.

"Ella tenía un plan para su hijo. Para ti".

Ante sus palabras, puse mi mano derecha sobre mi izquierda delante de mí sutilmente para esconder mis anillos. No iba a hablar con Karl sobre King y Wilder.

Miró alrededor de la sala grande de la biblioteca. "Él es mejor para ti que este basurero".

"Así que ella…, ¿vino aquí para arrastrarme a California?". Estaba tan frustrada que necesitaba otro orgasmo —y ser atada de cabeza y dominada— para relajarme y olvidar. "De cualquier forma, ¿dónde está ella?".

Me lanzó la toalla de vuelta. La atrapé fácilmente mientras se puso de pie. "Encontrándose con un viejo amigo".

¿Ella tenía amigos aquí? No podía imaginarme quién podía ser ese. Yo estaba simplemente agradecida de que todavía les gustaba a las personas en Barlow después de todas las travesuras con las que mi madre se había escapado. Divorcios. Limpieza de cuentas bancarias. Comportamiento malicioso.

No, no estaba encontrándose con un amigo. Ella no hubiese venido a la mitad de la nada en Montana para visitar a un viejo amigo. Nunca venía aquí a visitarme tampoco.

"Está quebrada". Me tumbé en una de las sillas al darme cuenta. La presión del tapón anal me tenía retorciéndome, así que me puse de pie de nuevo.

"No es que tú tengas dinero para darle", contestó él claramente agridulce.

"Es cierto, no lo tengo". Respondí nerviosa. "Fue bueno verte, pero tengo trabajo que hacer". Me fui a la sala trasera otra vez, cerré la puerta y me senté en el piso. El tapón se enterró más profundamente en mi trasero otra vez y me moví, estirando mis piernas y recostándome a un lado ligeramente.

Sonreí, el tapón me recordaba a King y a lo que me acababa de hacer. Mi ano estaba un poco inflamado, el tapón era lo suficientemente grande para recordarme que él había estado ahí. Que me amaba. Wilder también. A lo que sea que haya venido mi madre lo iba a enfrentar. Con ellos. Ya no estaba sola.

∿

"Qué mal que todas hayamos sido tomadas. ¡Karl suena como un buen partido!", dijo Cricket.

La miramos fijamente alrededor de la mesa del bar.

"¡No!"

Mis hermanas se rieron. Puse los ojos en blanco. Cricket había venido a la biblioteca justo antes de cerrar y me invitó a ir con ellas por un trago. Penny y Kady estaban contentas con el agua, pero querían que nos reuniéramos. Le escribí a Wilder y acordamos que yo manejaría hasta el rancho Barlow y nos encontraríamos ahí. Después le mandé un mensaje rápido con *rojo con el tapón* y me dijo que estaba bien que me lo quitara y que estaba agradecido de que se lo dijera.

Ahora que estaba sentada con mis tres hermanas pensé en Wilder. En King. Los amaba a los dos y a nuestro secreto, la vida sexual sucia que teníamos. Mirando a Kady, Penny y Cricket, tuve que suponer que las suyas eran igual de perversas.

"Entonces, ¿está aquí por dinero?", preguntó Penny, tomando un sorbo de su agua con limón.

Me encogí de hombros mirando fijamente mi vino blanco. Yo no tomaba mucho y como tenía que manejar, solo estaba cuidando esta copa. "Él siempre ha seguido lo que mi madre ha planeado. Ella es muy hábil para quitarle el dinero a las personas y él lo aprendió de ella".

"Y de alguna manera tú has evitado este mal hábito", puntualizó Kady.

No les conté sobre el soporte financiero porque no tenía idea de qué arreglos había hecho Aiden Steele con sus madres. Cricket había dicho que ella fue abandonada por la suya cuando era solo una bebé y creció en un orfanato, así que tuve que asumir que nuestro padre no había hecho ninguno con ella. Además, ella acababa de terminar la universidad, trabajando y tomando clases por casi seis años, así que él no le había dejado una cuenta bancaria para eso tampoco. Y con respecto a Kady y a Penny, ellas no mencionaron nada sobre ningún dinero. Esto me llevó a creer que, quizás, yo era la única hija de la que él había sabido. A pesar de que no hubiese ganado el premio al Padre del Año, me gustaba pensar que él las habría ayudado de alguna manera si hubiese sabido de su existencia.

"Y aun así en vez de Karl y mi madre, yo soy la que ahora tiene todo el dinero", respondí. "Tengo exactamente lo que ella hubiese deseado. El rancho de Aiden Steele".

"¡Y hermanas!", dijo Kady acercándose y dándome una palmada en la mano. "Deberíamos hacer una pijamada. Contarnos todos los años en los que hemos estado separadas".

Penny y Cricket la miraron fijamente con los ojos ensanchados.

"¿Qué?", preguntó, agarrando una pequeña galleta del tazón en el medio de la mesa alta.

"¿De verdad crees que nuestros hombres nos van a dejar pasar una noche lejos de ellos?", preguntó Penny.

Kady apretó los labios. "Buen punto. Basándome en la forma en que Cord y Riley fueron detrás de mí la primera vez que nos conocimos, me sorprende que Sarah siga aquí. O consciente".

Las tres giraron sus cabezas en dirección a mí.

"Tengo que trabajar". Esa era mi única responsabilidad, lo cual era bastante tonto porque ya no *necesitaba* trabajar más. Pero Kady trabajaba en la escuela y Cricket también en el hospital, porque eso las satisfacía, no porque tuviesen que hacerlo para ganar dinero. Yo no quería tocar el dinero Steele. Lo había dejado en el banco para mis hijos, para su universidad.

Me ruboricé, recordando a King yendo a mi trabajo más temprano y haciéndome cosas. Apreté mi trasero, sintiéndome inflamada y muy vacía. Kady tenía razón.

Quería a mis hombres y, probablemente, debería estar catatónica con todos los orgasmos que me habían dado. Yo era insaciable. Había estado en una sequía de sexo por tanto tiempo y ahora lo quería a cada rato. Qué bueno que mis hombres también.

"Hablando de…". Dije, levantándome de mi silla, "voy a seguir mi camino. Tengo hombres en casa esperándome para dejarme inconsciente".

ING

"Kingston Barlow. Te tomó demasiado tiempo volver a casa".

Mis manos estaban en los botones de mi camisa, me dirigía a tomar un baño cuando la voz de la mujer me detuvo en el camino. "Mierda", maldije cuando vi quién estaba tumbada seductoramente por toda mi cama.

Me di vuelta.

"No tienes que dejar de hacer lo que estabas haciendo por mi presencia", ronroneó Beatrice Gandry Roberts Algo Algo. Había tenido tantos esposos y no tenía idea de cuál era su nombre actual. Pasaron algunos años desde la última vez que la vi y la saqué de mi casa. En ese momento estuvo desnuda. Esta vez, traía puesta una de mis camisas de franela.

No solo estaba cabreado porque se había metido en mi casa, sino que esa era una de mis camisas favoritas. Ahora iba a tener que quemarla.

Quería salir corriendo de mi propia casa y pretender que no estaba ahí, pero no me atrevía a dejarla sola. No aquí. Demonios, estaba en la cama que había compartido con su maldita hija.

"Beatrice, ¿qué *demonios* estás haciendo aquí?".

Miré hacia afuera de la ventana del pasillo con las manos en las caderas. La vista estaba cubierta toda de blanco de nieve y se veían los campos abiertos, los establos y otros establecimientos de ranchos que estaban todos al otro lado de la propiedad.

"Al menos, podrías mirarme", contestó, sonando apagada.

"Al menos, podrías tocar el maldito timbre", contesté. No estaba siendo un caballero y mi madre me había enseñado a tratar a una mujer mejor que esto, pero Beatrice no era una señorita. Ella estaba descaradamente donde no pertenecía. El peso de mi anillo de bodas lo demostraba.

"Tú siempre dejas la puerta abierta".

Lo hacía, pero eso iba a acabarse. Prefería tener a un maldito ladrón en la casa que a ella.

"¿Por qué no sigues quitándote esa camisa y nos divertimos un poco?".

Caminé en círculos por toda mi habitación. Ella era una mujer bonita, yo le daría eso. Pero era casi treinta años mayor que yo y había tenido más esposos de los que podía recordar.

"Salta de mi cama y vístete". Agarré su ropa de la silla detrás de la ventana grande y se la lancé al pie de la cama.

"Tengo una necesidad y, definitivamente, puedes saciarla. Por el tamaño de ese bulto en tus pantalones, diría que puedes hacer un buen trabajo".

"Tú no quieres mi pene. Quieres mi dinero. Mi tierra. Justo como la última vez. ¿No dejé bien claro que no quería tener nada contigo?".

Se sentó, su cabello oscuro se deslizó sobre su hombro.

Mi camisa se veía grande en ella, tenía la estatura similar y el físico con curvas como su hija. La corrió hacia abajo para revelar la parte superior de un seno desnudo. Aparté la mirada.

La respuesta era, obviamente, no.

Los únicos senos que quería ver eran los de Sarah. La única mujer que quería que usara mis camisas era Sarah. Yo solo quería a Sarah.

"Mantendré tu cama caliente. Y también otros lugares alrededor de la casa. Tienen un largo invierno aquí y un hombre tiene necesidades".

"Estoy casado". Levanté mi mano izquierda hacia arriba para que pudiese ver la prueba.

La sonrisa seductora desapareció. "¿Cuándo?".

"Recientemente". No le iba a decir más de eso.

"¿Con quién?".

"No importa quién sea. Ella es la mujer que pertenece a mi cama. No tú. Ahora sal de ahí y lárgate de mi casa".

Salí hacia el pasillo para dejarla que se vistiera, miré hacia fuera de la ventana otra vez. Escuché sus murmullos cerca, pero no me atreví a voltearme. Vi un auto acercarse al camino de entrada, lo reconocí como el de Sarah. Se aceleró mi frecuencia cardíaca y me llevé una mano al cabello. "Demonios".

No miré hacia atrás, pero cuando bajé las escaleras hacia la puerta de entrada, la abrí.

Sarah entró, toda abrigada, con una sonrisa en su rostro. Sí, esto era lo que había soñado. Tener a Sarah Gandry como Sarah Barlow y que estuviera emocionada por verme cuando viniera de la biblioteca, besándome en la mejilla con sus labios fríos, desabrochándose el abrigo.

"¿Qué pasa?", preguntó ella, estudiándome mientras colgaba su abrigo en un gancho cerca de la puerta. Como nos casamos tan rápidamente no habíamos tenido tiempo —o no

la habíamos dejado salir de la cama para que lo tuviera—
para empacar sus cosas y se mudara de su casa. No me
importaba porque *ella* estaba aquí. Un sofá o su ropa de
verano podían esperar.

"Um, hay algo que tengo que decirte".

"Sarah, querida. ¿Qué estás haciendo aquí?".

Apreté los dientes mientras observé los ojos de Sarah
ensancharse, luego todo color abandonó su rostro. No podía
ver a su madre porque bloqueé su visión, pero supo quién era
instantáneamente.

"Madre".

Cuando se movió al pequeño banco cerca de la puerta
para quitarse las botas, hizo una pausa, se le cayó la boca.

Volteando, eché un vistazo a lo que había hecho que mi
esposa palideciera. Beatrice estaba en las escaleras, una mano
arreglada en la baranda, todavía con mi camisa… y solo con
mi camisa.

Me llevé una mano al cabello otra vez y bajé la mirada
hacia Sarah. Todo lo demás me importaba una mierda. Me
estaba mirando a mí, luego a Beatrice, luego de vuelta. Noté
que sus ojos estaban en mi pecho, no en mi rostro. Bajando la
mirada me di cuenta de que mi camisa estaba más o menos
abierta.

Mierda. Esto se veía mal.

Sarah se tumbó en el banquito, se inclinó hacia adelante y
comenzó a desatar las trenzas de sus botas de nieve. Apenas
hacía unas horas había tenido mis manos en la parte superior
de esas medias altas, sexys como el infierno, mientras follaba
su trasero.

Mi pene se agitó. Mierda, este no era el momento, pero
solo pensar en Sarah me ponía duro. Olía su champú a
centímetros de distancia.

"Escuché que estabas en el pueblo", le dijo Sarah a su
madre, pero no levantó la mirada de su tarea.

"Sí, anoche llegamos al pueblo. Yo solo estaba… encontrándome con Kingston".

"No me había dado cuenta de que ustedes dos eran cercanos". Sarah dejó su bota sobre la bandeja de plástico que estaba debajo del banquito, usado para recibir la nieve derretida.

Beatrice bajó las escaleras casualmente como si le perteneciera el lugar. "La última vez que estuve en su cama…".

Levanté una mano. "Detente".

"¿Qué?", preguntó Beatrice, poniéndose la mano en el pecho, mirando como si ella fuera la única ofendida. "Yo solo digo la verdad. La última vez que estuve aquí, *estaba* en tu cama. Justo como esta vez".

Odiaba a esa mujer.

"¿Qué es lo que quieres, madre, aparte de mi esposo?", preguntó Sarah sacándose la otra bota. No parecía molesta. No parecía triste. Demonios, solo parecía… calmada.

Beatrice se quedó inmóvil, luego se rio. Fuerte. "Oh, dulzura, estoy tan orgullosa de ti. Te dije que fueras tras Kingston Barlow y lo hiciste. Buen trabajo. Piensa en los viajes que puedes hacer, la decoración que le tienes que hacer a la casa. Tan monótona".

Mis ojos se estrecharon. ¿Ellas habían hablado de mí? Sobre Sarah… ¿qué, seduciéndome para que ella pudiese meter sus manos en mi dinero? Si Beatrice no lo podía hacer por ella misma, entonces Sarah podía hacerlo en su lugar.

¿Por eso era que estuvo en el Desembarque de Hawk el pasado fin de semana toda vestida con ese atuendo jodidamente sexy? ¿Para seducirme y obtener mi propiedad?

Se acercó otro auto. Fui hasta la puerta, la abrí de nuevo. Esta vez era el SUV del alguacil. Archer Wide salió del lado del conductor, Wilder era el pasajero. Gracias al cielo.

Salí hacia el porche, dejé la puerta abierta, incluso con el clima frío. No me atreví a darles la espalda demasiado tiempo a esas dos.

"¿Qué pasa?", preguntó Wilder frunciendo el ceño.

"Nunca te vas a creer esta". Le di la mano a Archer cuando llegaron al porche. "Voy a necesitar tu ayuda".

Girando sobre mis talones caminé de vuelta hacia adentro; los otros me siguieron.

"Wilder, Archer, ella es Beatrice, la mamá de Sarah".

Escuché a Wilder maldecir en voz baja, pero Archer se mantuvo calmado. Tenía su uniforme puesto y sostenía su sombrero en sus manos, claramente en el trabajo. "Señora".

Me volví hacia Beatrice. "Es hora de que te vayas".

"Pero es una reunión familiar, mi hija y yo tenemos que celebrar su boda", respondió ella.

Como si nosotros fuésemos a destapar el champagne con ella en mi camisa de franela.

"Archer, estoy presentando cargos. Esta mujer se metió en mi casa y se niega a irse".

"¿Qué?", graznó ella. "La puerta estaba abierta. ¡Nosotros somos viejos amigos!".

Archer levantó una ceja oscura y yo asentí.

"Señora, como son familia y todo, le daré cinco minutos para vestirse o tendré que llevármela así". Archer se cruzó los brazos por encima de su pecho ya abultado por su chaleco antibalas.

Todo lo casual desapareció y la boca de Beatrice se apretó, sus ojos se estrecharon. "Sarah, regáñalo".

"No. Buscaré tu ropa". Sarah subió las escaleras, giró su hombro para pasar a su madre. "Asumo que está en la habitación de King".

Wilder silbó y Archer se aclaró la garganta.

Todos nos quedamos ahí de pie, jodidamente incómodos hasta que regresó Sarah, con un cúmulo de ropa sostenido contra su pecho. Fue hacia su madre, lanzó la pila a sus pies. "Asegúrate de llamar a Karl para que te saque de la cárcel".

Se dio vuelta y volvió a subir las escaleras, tomando dos escalones a la vez. Escuché una puerta ser lanzada y supe que estaba jodido. Al menos, no se metió en su auto y se marchó.

Tan pronto como Archer se llevó a la mujer, sabía que tenía que humillarme un poco. No sé lo que pensó Sarah, si creyó que yo me había follado a su madre, no solo hoy —lo cual lucía bastante jodido—, sino también en el pasado. Estaba lastimada y era mi trabajo arreglarlo. Nuestro matrimonio estaba siendo probado y ella tenía todo el derecho de escaparse. Solo habían sido tres días y estaba a punto de descubrir lo fuerte que era nuestro amor.

ARAH

ME RECOSTÉ CONTRA LA PUERTA DE LA HABITACIÓN QUE
Wilder había proclamado como suya —de ninguna manera
iba a ir a la de King hasta que quemara las sábanas— respiré
profundamente e intenté contener las lágrimas. No funcionó.
Mis sentimientos emergiendo a la superficie eran demasiado
y no pude evitar llorar. Mi madre. *¡Mi madre!*

Oh. Dios. Mío. Miré hacia el techo, me puse los dedos
sobre los ojos. Presioné e intenté mantener las lágrimas
adentro.

No estaba segura de si debía estar mortificada o
molesta. Mortificada porque mi madre había intentado
seducir a King. Molesta por bueno… exactamente lo
mismo. Tuvo la osadía de venir hasta Montana y meterse en
la cama de King, y en su camisa. Y dijo que lo había hecho
antes.

No había visto un auto estacionado en la entrada, así que

Karl debió de haberla dejado aquí. Eso significaba solo una cosa: no había sido espontáneo. Ellos lo habían planeado.

¿King se la había quitado de encima o la seducción solo había comenzado cuando yo llegué? Por supuesto que él lo había hecho. Mi madre no había conseguido que se casara con ella y el disgusto en el rostro de él era una muestra suficiente. King no era infiel. Lo sabía en mis huesos. Mirando los anillos en mi dedo parpadeé contra las lágrimas, sabiendo que significaban algo. No las lágrimas, sino los anillos. Los dos, King y Wilder, se habían comprometido conmigo a pesar de que conocían a mi familia.

Pero ¿qué pensó King sobre mí después de lo que dijo mi madre? Lo que ella había dicho sobre mí haciéndome de Kingston Barlow en nuestra última llamada telefónica fue solo eso, hablar. Pero ella transformó la verdad en algo asqueroso, haciendo parecer que nuestro matrimonio fuese algo falso. Algo exactamente parecido a todos los matrimonios de mi madre.

De tal madre, tal hija. Cerré la puerta y fui hacia la ventana, me quedé mirando el campo lleno de nieve, el cielo de color metal.

Me estremecí, dándome cuenta de que ahora King pensaba que yo había ido tras él por su dinero, por su tierra, haciendo la voluntad de "mami". Si ella no podía obtenerlo a él, entonces yo podía. Y lo hice. Yo estaba justo como ella, embolsándome a un millonario. ¡Y ella había sido complacida! Por primera vez en toda mi vida, sonaba orgullosa de mí. Y lo que era absolutamente ridículo era que lo había hecho de pie en *su* casa usando *su* camisa. Como si fuésemos un equipo que le había tendido una trampa. Yo lo obtuve durante el fin de semana, pero ella no sabía eso, así que su ataque fue hoy.

Dios, a ella no le importaba cuál de las dos se metiera en su cama mientras alguna lo hiciera.

Quería vomitar.

No quería sus elogios o su aprobación, quería la de King. ¿Qué iba a hacer? Seguro que King me odiaba. Odiaba a las dos mujeres Gandry. Ahora estaba atrapado conmigo. Froté los anillos con mi pulgar.

Tenía que intentar decirle la verdad, que creyera que lo quería a él. No su tierra. No el nombre Barlow. Quería a *King*.

¿Cómo podía hacer eso? ¿Cómo podía hacer que me escuchara después de lo que mi madre acababa de compartir estando en las escaleras? Tenía que desnudarle toda la verdad a él para que me perdonara, para que me creyera.

Vino hacia mí con una claridad que hizo que mi corazón diera un brinco. Solo había una forma. Solo tenía que esperar que funcionara. Le desnudaría mi alma a él y esperaría que la tomara, que la recibiera y la atesorara.

≈

WILDER

"¿Qué demonios, hombre?", pregunté, cerrando la puerta mientras el SUV de Archer se dirigía a las afueras del pueblo con la mamá de Sarah en el asiento trasero.

La nieve comenzó a caer; se había predicho que la tormenta traería más de un pie de nieve durante la noche. Usualmente, el clima no me importaba una mierda, especialmente en enero, pero la nieve significaba que la madre de Sarah no iba a regresar, especialmente si King no limpiaba su camino de entrada. También significaba que la propia Sarah no iba a ir a ninguna parte. A pesar de que su auto estaba bien para la nieve, no estaba *tan* bien.

King se llevó la mano a la parte posterior de su cuello,

levantó la mirada hacia las escaleras como si pudiese ver a Sarah. "Voy a tener que buscarme una nueva cama".

Caminó hacia el gran salón, verificó el seguro de la puerta que daba hacia el patio de afuera, le dio una vuelta. "Es exactamente lo que parecía, excepto que yo no la toqué".

"Por supuesto que no lo hiciste. Necesitarías unos malditos tragos si lo hubieras hecho".

Me miró, sonrió, pero su sonrisa desapareció rápidamente. Luego fue hacia el pasillo y hacia la puerta fuera del salón de lavandería, verificó la cerradura.

"Tú viste a Sarah. Probablemente, crea que me acosté con ella hace años y que pudo que lo haya hecho hoy otra vez si ella no hubiese aparecido".

"Estaba extremadamente calmada para ser una mujer despreciada", comenté, siguiéndolo de vuelta hacia la puerta de entrada, a las escaleras.

Habíamos hecho un recorrido en círculo del primer piso, todo estaba bien cerrado. Los dos miramos hacia las escaleras.

"Necesito arreglar esto, sacarme a mí mismo de toda esta mierda".

"Ella te creerá".

Más que nadie, Sarah sabía lo jodida que estaba su madre. Sabía que ella intentaría cualquier cosa para obtener lo que quería, incluso follarse a un tipo de la mitad de su edad. Pero esto estaba mal. Si fuese al revés y yo fuese el chico al que su madre buscaba, si Sarah descubriera a la mujer en mi camisa, yo también estaría preocupado. A pesar de la idea de que yo me la hubiese follado fuese descabellada, seguiría en pánico.

King me dio una mirada que decía que dudaba de mis palabras.

"Ella es nuestra esposa", dije, agarrando su hombro y haciéndolo que me mirara. Señalé las escaleras. Sarah estaba arriba. No estaba seguro de si estaba molesta, triste, feliz, furiosa. Pero estaba aquí. Ella merecía la batalla. "Ella nos ama. Se casó con nosotros. No salió corriendo. Ahora ve a arreglar esto".

King respiró profundamente, dejó salir el aire, todavía lucía jodidamente molesto. Se dirigió hacia las escaleras. Se dio vuelta, bajó la mirada hacia mí. "Bien, pero prepárate para esquivar. Me merezco cualquier cosa que vaya a lanzarme".

❧

KING

Entré en mi habitación, preparado para una esposa molesta. En vez de eso, estaba vacía, también el baño principal. Solo quedaba el aroma empalagoso y persistente del perfume de Beatrice.

Me giré sobre mis talones, encontré a Wilder de pie en el pasillo. Me encogí de hombros preguntándome dónde podía estar ella. No se había marchado; había asegurado todas las puertas del primer piso y ahora todas estaban cerradas… y permanecerían así. La casa tenía cuatro habitaciones. Ella estaba en una de ellas.

Wilder fue por el pasillo, abrió la puerta de la habitación en la que él había estado durmiendo. Él la había proclamado con cosas de su casa del pueblo, la había hecho suya. Sarah dormiría con los dos tomando turnos.

Si no quería divorciarse de mí después de cuatro días.

Él no entró, solo se quedó ahí de pie, mirando fijamente. Me moví hacia su lado, miré por encima de su hombro.

"A la mierda", murmuré.

Ahí estaba Sarah, de rodillas, sus manos sobre sus muslos, con la cabeza a gachas. Desnuda.

La sumisa perfecta. Preciosa. Su piel lucía blanca como la leche en la luz del invierno de la ventana. Pude ver la suave forma de sus senos y un rastro de su vagina, aunque estaba en una sombra.

Mi corazón tartamudeó, se detuvo. Cuando levantó su cabeza y nos miró, su cara hinchada por haber llorado fue como si me diera una patada.

La había hecho llorar.

"Princesa", gemí, empujando a Wilder del camino y poniéndome de rodillas delante de ella. "Oh, cielo".

"Yo no me casé contigo por tu dinero, por tu rancho, como dijo mi madre. Yo *no lo hice*". Sus últimas palabras fueron casi una súplica, sus ojos casi desesperados.

Fruncí el ceño. "¿De qué demonios estás hablando?".

Ella apartó la mirada, miró abajo, hacia el suelo. Aparecieron las piernas de Wilder fuera de la comisura de mis ojos. Todo lo que vi fueron sus pantalones y sus medias gruesas, no me atreví a apartar la mirada de Sarah.

"Mi madre estaba diciendo la verdad. Nosotras hablamos sobre el hecho de que yo me casara contigo, que pusiera mis manos en tu rancho. Bueno, *ella* habló y yo escuché".

"¿Cuándo fue eso?", pregunté.

"Durante el fin de semana. Después de la noche en el Desembarque de Hawk".

"¿No le dijiste que estábamos comprometidos en ese momento, que tú *ibas* a casarte conmigo?".

Negó con la cabeza, su cabello oscuro se deslizó sobre su hombro desnudo. "Yo no le cuento *nada* a mi madre, mucho menos algo como esto. Ella pensaría que yo lo haría por sus mismas razones".

"Pero no lo hiciste", dijo Wilder poniéndose en cuclillas, reposando sus codos sobre sus muslos.

"No".

"¿Por qué te casaste conmigo, princesa?", pregunté, jodidamente esperanzado por la respuesta.

"Porque te amo. Los amo a los dos. Los he amado desde siempre".

Finalmente, desapareció el tornillo alrededor de mi corazón. "Eso es cierto. Y porque sabes que nosotros también te amamos. Que tú nos perteneces. Eres nuestra en todos los sentidos".

Me acerqué, acaricié su mejilla. Ella inclinó su cabeza ante el tacto. Vi la forma en que se relajó, en que su preocupación se desvaneció. Miré la gargantilla que le había puesto. Pensé en lo que significaba.

"Yo soy el único que debería disculparse, no tú", le dije.

Ella frunció el ceño. "¿Por qué? No has hecho nada malo".

"Princesa, tu madre dijo que nosotros follamos".

Cerró los ojos, negó con la cabeza. "Pero no lo hicieron".

"Demonios, no". La idea me repugnaba. Esa mujer loca, cazafortunas, era la última persona con la que me acostaría. "¿Cómo demonios me puedes creer?".

"Primero, no hubieses hecho… lo que hicimos más temprano en la biblioteca si ibas a dirigirte a encontrarte con mi madre".

Wilder me miró. "¿Qué le hiciste en la biblioteca?".

Sarah se sonrojó, no la iba a dejar que se saliera del anzuelo. "Dile a Wilder lo que hicimos".

Cerró los ojos por un momento, luego miró a Wilder. "Él… me folló sobre mi escritorio".

"Exactamente, ¿dónde te follé?".

Se mordió el labio.

"¿No en tu vagina?".

Negó con la cabeza.

"¿Tu boca?".

Otra negación con la cabeza. Esperé.

"Follaste mi trasero".

Wilder gruñó.

"Escuché que Wilder te dio permiso para que te quitaras el tapón. ¿Mi semen sigue dentro de ti?". La idea de marcarla tan a fondo tenía líquido preseminal saliendo de mi pene.

"Sí", susurró ella.

"Buena chica", le dije. Si iba a estar con dos hombres, iba a tener que ser capaz de compartir completamente, no solo su cuerpo, sino también sus palabras.

"¿Por qué más crees que no tocaría a tu madre?".

Ladeó la cabeza hacia un lado. "Por la misma razón que tú me creíste a mí. Mi madre no miente, pero ella tergiversa la verdad a su gusto. Yo *creo* que ella estuvo en tu cama, no solo ahora, sino también en el pasado".

Asentí una vez, admití lo que había esperado no decirle nunca. A pesar de que la mujer era una perra, seguía siendo la mamá de Sarah. Tenía la sensación de que amaba la idea de una madre, pero no le gustaba la que tenía.

"Sí. Hace un tiempo cuando ella estaba entre esposos. Tenía sus ojos puestos en mí. Dejé bien claro en ese momento que no estaba interesado".

"Se quedó sin dinero. Es por eso que volvió. Es por eso que está claramente desesperada".

"Ey", dije, intentando sonar ofendido. "No estoy tan desesperado para que me capturen".

Eso la hizo sonreír, las esquinas de sus labios se levantaron, sus ojos se iluminaron.

"Ahí está mi princesa", añadí con voz suave. Me acerqué, deslicé mi dedo a lo largo de la gargantilla, sabiendo que era mía en todas las formas.

Se lanzó sobre mí, sus brazos volaron alrededor de mi cuello, su cabeza descansaba ahora sobre mi pecho. Casi me caí de espaldas por el impacto. La abracé tan fuerte como pude, enrollando mis brazos a su alrededor. Sentí la presión de sus senos, la suavidad de sus piernas, el calor de su vagina, incluso, a través de mis pantalones. Mis labios fueron hacia su sien y la besé, respiré su aroma dulce, saboreé la sensación de ella en mis brazos.

"Tu madre se fue con Archer", dijo Wilder, con sus manos acariciando su espalda. "Él se asegurará de que ella se haya ido y de que no nos moleste otra vez".

"Eso es cierto", añadí. "Ya terminé de hablar sobre tu madre. Lo que quiero saber es por qué nos estabas esperando de rodillas y desnuda".

Intentó separarse y la solté para que pudiera hacerlo, pero solo lo suficiente para que nos pudiera mirar.

"Porque quería que supieras que yo me entregué a ti. Enteramente. Completamente. No quiero pensar en nada más que no sean tus brazos".

Wilder gruñó. Mi pene se empujó contra mis pantalones.

Tomé su mano y la levanté hasta mis labios. "Tu dedo con nuestros anillos es todo lo que necesitamos, princesa". Los besé, sentí el metal caliente por su piel contra mis labios.

Sus ojos oscuros se incendiaron. Vi amor ahí. Necesidad. Lo vi todo.

Todo mi mundo.

 ARAH

"Probablemente somos los dominantes más suaves de todos", murmuró King besando mis nudillos.

Arqueé una ceja, intenté no sonreír. "Me amarraron con sus cinturones cuando tomaron mi virginidad", contesté. "Eso está lejos de ser suave".

"Quizás. Lo haremos a nuestra manera, lo que sea que sea esto. Mientras que lo hagamos juntos", añadió él.

"Te veías hermosa, princesa, de rodillas y esperando", añadió Wilder, agachándose para poder besarme.

Me levanté de mis rodillas para acercarme a él, mis senos rozaban el brazo de King mientras lo hacía.

"Estás desnuda. ¿Eso significa que quieres que te follemos?", preguntó Wilder.

"¿No es obvio?".

Su mirada se puso toda oscura y dura mientras se sentaba al otro lado. "¿Eso es descaro?", preguntó él.

La boca se me cayó ligeramente, sin saber qué decir. Había pasado de ferviente a todo dominante en cuestión de segundos.

"Creo que tenemos que azotarla por ese descaro", dijo King.

Su tono combinaba con el de Wilder, pero el guiño hizo que me relajara. Era hora de jugar. Como a ellos les gustaba decir, *gracias al cielo*.

"Ponte sobre mi cama, princesa, con el trasero hacia afuera", ordenó Wilder. "Muéstrate".

Sus palabras me pusieron la piel de gallina en los brazos, mientras me ponía de pie, hice lo que quería. Al principio, la sábana estaba fría contra mi pie, pero cuando arqueé mi espalda, saqué mi trasero hacia afuera, me acaloré en el instante sabiendo que podían ver todo de mí.

Los escuché moverse, ponerse de pie, sentí sus palmas cubriendo mi trasero.

Azote.

Jadeé, me puse sobre mis dedos. No era tan dura la nalgada, pero el calor de esta se esparció rápidamente. Por todos lados. Estaba húmeda. Lo había estado desde la biblioteca. Mi vagina estaba chorreando con impaciencia por ser llenada con sus penes grandes. Mi ano todavía tenía el semen de King derramándose hacia afuera, pero me gustaba. Me gustaba tener esa sensación de ser bien follada, el semen para probar, para saber que ellos eran míos. Solo míos.

Azote.

"Vamos a azotar este trasero, después vamos a follarlo. Y a tu vagina".

Meneé mis caderas ante el deseo.

Azote.

"Es hora de reclamarte, princesa. Hacerte nuestra de una vez por todas", dijo Wilder. "Si King tomó tu trasero más temprano, es mi turno".

Volteé la cabeza, miré a los dos hombres por encima de mi hombro. Tan grandes, tan viriles. Mientras me estaban dando nalgadas, habían abierto sus pantalones y sacado sus penes hacia afuera. Por el tamaño de ellos, ya no podían caber más en sus pantalones.

"Soy como un juguete, siendo compartida de ida y vuelta".

Los dos sonrieron.

"Sí, llena de descaro", comentó King. Una mano, que asumía que era suya, se deslizó hacia abajo y por encima de mi vagina, los dedos pasaban por encima de mis pliegues, luego hacia arriba, a mi trasero, todavía sensible por su pene cuando más temprano fue a la biblioteca. "También lleno de mi semen". Su mano se apartó, luego me azotó.

Solté un suspiro y gemí, no solo por el placer punzante de los azotes, sino por la forma en que habló de lo que hicimos.

"Azotar, después follar", dijo él.

"Y princesa, no más charla", añadió Wilder. "Todo lo que queremos escuchar de ti son nuestros nombres y gritos de placer. Tienes permiso para venirte tantas veces y tan ruidoso como quieras".

Me dieron nalgadas entonces, aunque no eran tan duras, todo lo que hacían era picar y quemar, picar y quemar hasta que estuve temblando e impaciente.

Sus manos se apartaron, luego volvió una, dedos se deslizaron justo dentro de mi vagina encontrando mi punto G. Pasé de cero a cien con un solo dedo curvado y me vine. Mis dedos agarraron las sábanas y lancé mi cabeza hacia atrás, tensándome. Dios, esto era tan bueno. El placer corría por mis venas. Ellos eran tan, tan hábiles. Apenas me habían tocado y me había venido. Ni siquiera habían jugado con mi clítoris. En el pasado, era imposible hacerlo sin mis dedos, pero ahora… ¿con ellos? Solo tenía que dejarme llevar.

La mano se separó y, de repente, me sentí vacía. Me estremecí, con el sudor de mi piel enfriándose, mi trasero estaba bien caliente. La cama se hundió mientras yo recuperaba el aliento. Abrí mis ojos lentamente, vi a King, desnudo, sentado en el borde, con sus pies en el suelo. Su pene estaba curvado, largo y grueso hacia sus abdominales marcados.

"Eso fue solo el calentamiento, princesa. Súbete sobre mi pene y móntalo".

Su cabello pálido estaba despeinado desde temprano; estaba aprendiendo a reconocer que se llevaba los dedos al cabello cuando estaba frustrado o molesto. Pero también lo hacía lucir despreocupado, como si hubiese pasado la noche follando. Tenía la sensación de que ahora íbamos a hacerlo y ese orgasmo era, apenas, el comienzo.

Levantándome di un paso hacia el frente, puse mis rodillas a cada lado de él sobre la cama. Sus manos se movieron a mi cintura para ayudarme a montarlo, me levantó hasta que tenía su pene debajo de mí, luego me bajó.

"Eres tan grande de esta forma", suspiré mientras me llenaba.

Nuestros ojos estaban tan cerca que observé cómo se oscurecieron con excitación justo antes de que me besara. Nuestras lenguas se encontraron, se enredaron, combinaban con los movimientos de su pene dentro de mí. Lo monté —sus manos controlaban mis movimientos—hasta que estuve muy caliente y necesitada.

Rompiendo el beso, se recostó hacia atrás en la cama. Doblando su dedo, lo seguí hacia abajo mientras seguíamos besándonos. Mis senos presionaron contra su pecho, mis caderas se movían lentamente ahora porque tenía una fricción fabulosa en mi clítoris.

Pero no era solo King el que me deseaba. Escuché el sonido familiar de la tapa del lubricante, sentí el chorro frío en la cima de mi ano, luego los dedos de Wilder. "King te abrió toda con su pene más temprano. Vamos a asegurarnos de que estás lista para tomarnos a los dos a la vez".

Escuché las palabras de Wilder, sentí su dedo deslizarse dentro de mí, el primero hasta el nudillo, luego más, luego dos dedos, luego tres. Por todo el camino que me abría, me llenaba con más y más lubricante, King me besó, levantó sus caderas hacia arriba y entró con el movimiento más jodidamente pequeño posible. Sus manos cubrieron mi rostro dulcemente, incluso cuando estaban haciendo cosas sucias.

"Hora de tener a tus dos hombres, princesa".

Sentí las piernas de King separarse, luego la mano de Wilder en mi ano abriéndome más. Su pene me empujó ahí, justo como lo había hecho King más temprano. Pero esta vez mi vagina también estaba llena.

Wilder presionó cuidadosamente hasta que mi cuerpo dejó de poner resistencia y se introdujo hacia adentro. Gemí contra la boca de King, arqueé mi espalda. Wilder se movió hacia adentro y hacia afuera, movimientos lentos hasta que fui capaz de tomar más y más de él. Finalmente, sentí sus caderas presionar contra mi trasero acalorado.

"Demonios, princesa. Es tan rico", gruñó Wilder. "Tienes nuestros dos penes. Toda una buena chica tomando a tus hombres".

"Tan llena", gemí.

No me podía mover, Wilde en mi espalda, King debajo de mí. Cuatro manos estaban sobre mí, manteniéndome exactamente donde me querían. Dos penes para traerme nada más que placer.

Ellos empezaron a moverse entonces, alternando hacia adentro y afuera y era la sensación más increíble y abrumadora. Yo lo quería perverso. Lo quería salvaje. Lo quería sucio y travieso.

Lo conseguí con estos dos.

Pero mientras era todas estas cosas juntas, también era perfecto. Ellos eran míos y me lo estaban probando. Los dos me querían, querían cada centímetro de mí y lo estaban tomando.

No oculté nada. No podía. Estaba completamente desnuda, completamente expuesta. No podía hacer nada sino sucumbir a lo que ellos me darían.

Me vine en un gemido entrecortado, gutural y profundo, en compás con todo mi cuerpo.

Sentí la inflamación de King dentro de mí, enterrado en lo profundo, se mantuvo quieto mientras gritaba mi nombre y se vino. Me llenó.

"Estás tan ajustada", dijo Wilder levantándose hacia arriba sobre una mano al lado de nosotros. Sentí todo su torso contra mi espalda. Cada centímetro de él. "Tan rico. Te amo, princesa. Mía".

"Nuestra", añadió King.

"Míos", acordé, tendida sobre King sin nada más que dar. Cuando Wilder se vino con un gruñido y me llenó, sabía que estaba completa. Marcada, reclamada. Por ambos.

Estaba justo donde quería estar. Puede que fuese una heredera Steele. Puede que heredara Barlow en el futuro, pero yo solo era Sarah. La esposa de Wilder y de King.

Y estaba contenta.

CONTENIDO EXTRA

No te preocupes, ¡hay más del Rancho Steele por venir!

Pero ¿adivina qué? Tengo contenido extra para ti. Descubre cuál hija perdida llegará después…y un poco de amor extra de Wilder y King para Sarah. Así que regístrate en mi lista de correo electrónico. Habrá contenido extra especial para cada libro del Rancho Steele, solo para mis suscriptores. Registrarte te permitirá saber sobre mi próxima publicación tan pronto como esté disponible (y recibes un libro gratis… ¡uau!)

Como siempre… ¡gracias por amar mis libros y las montadas salvajes!

http://vanessavaleauthor.com/lista/

¿QUIERES MÁS?

¡La serie del Rancho Steele continua con *Enlazada*! ¡Lee el primer capítulo ahora!

NATALIE

"Esto no es una cita".

"El cliente ya no está aquí, lo que significa que ya no es una reunión de bebidas. Somos dos adultos en un restaurante. Solos". Mi jefe, Alan Perkins, se recostó sobre la mesa y me dio una ligera sonrisa para acompañar esas palabras".

Usé todas mis fuerzas para no poner los ojos en blanco. Eso no hubiese salido bien. Él había estado invitándome a salir desde mi primer día en el trabajo hace dieciocho meses, pero yo lo había rechazado. Una y otra vez. Hasta ahora.

No es como que *esto* fuera una cita.

Observé mientras se marchaba el representante de la cadena local de tiendas minoristas que había cortejado desde enero—a casa con su esposa y sus tres hijos—dejándome sola con Alan.

Exhalé lentamente, doblé mis manos en mi regazo y las apreté juntas. Podía estar haciendo tantas cosas en este momento en vez de esto. Lavando. Una clase de entrenamiento cruzado. Haciéndome un tratamiento de conducto. La reunión con el cliente había sido importante, pero ¿ahora? ¿Sentada aquí con Alan en el restaurante lujoso? Una miseria.

"Yo no creo que RH considere como *cita* una reunión con un cliente", contesté.

Alan estaba en sus tempranos cuarenta. Atractivo en esa…manera de club de chicos viejos. Él entrenaba, tenía todo su cabello, no tenía mal aliento y se vestía bien. Volteaba miradas a donde quiera que iba, pero no la mía. Yo no estaba cegada por el refinamiento, el dinero o incluso la sonrisa pegajosa. Había escuchado por los rumores de la oficina que él había sido manoseador con una del personal de limpieza de la oficina, pero lo había mantenido oculto para que su esposa no se enterara. No quería que le arrebataran sus pilas de dinero, el estilo de vida del club de campo, o su trabajo en vista de que su suegro era el dueño de la compañía.

Ser manoseador era una manera bonita de decir que era infiel. Y un astuto con eso. O él quería engañar, o pensaba en engañar. Tuve que preguntarme si la empleada había disfrutado sus insinuaciones o lo había rechazado repetidas veces como yo lo había hecho. Tuve que esperar que ella fuera una mujer inteligente y haya pedido ser reasignada.

Para mí, incluso desviarse mentalmente llamaba al divorcio. ¿Quién querría estar con un hombre que incluso pasaba tiempo pensando en estar con alguien más? Fantasear era algo completamente diferente. Yo pensaba frecuentemente en Tom Hardy cuando sacaba mi vibrador, pero eso no era lo mismo que manosear a la gente que trabajaba para ti.

"...como dije, esto es fuera de horario. Nada de hablar de trabajo".

Parpadeé, concentrada otra vez en Alan. Esta vez *yo había* estado descarriada, mirando por encima de su hombro y capturando una mirada de los dos hombres sentados en el bar una vez más. Tom Hardy ahora estaba hundido en el fondo de mi lista de fantasías porque dos altos morenos altos y atractivos se habían movido al primer lugar. Estaban sentados y así realmente no podía confirmar que eran *verdaderamente* altos, pero parecían serlo. Vestidos de forma casual con pantalones y camisas abotonadas, uno tenía sus mangas enrolladas hacia arriba y no pude evitar notar sus antebrazos musculosos y sus manos grandes.

Yo amaba mirar las manos de los chicos, me preguntaba todas las cosas que él podía hacer con ellas. Quizás cubrir mis senos, deslizar un dedo dentro de mi boca para que pudiera chuparlo, humedecerlo para que él pudiera frotarlo contra mi entrada trasera, provocarme.

Wow, ese fue un salto grande y bastante travieso.

Me retorcí en el asiento y me quedé paralizada cuando los ojos del Sr. Manos Grandes se encontraron con los míos. Oscuros, intensos y llenos de calor, como si hubiese sido capaz de leer mis pensamientos pervertidos. Mi corazón dio un salto y me lamí los lamios, de repente con la boca seca. Su concentración capturó la atención de su amigo y *él* también me miró.

Mientras el primero fue pensativo, el segundo fue casual, en contraste con la sonrisa rápida que lanzó en dirección a mí. Labios completos doblados en una sonrisa maliciosa, sus ojos recorriéndome, instalándose brevemente en mis senos. Mis pezones se endurecieron ante el pensamiento de esa boca sobre ellos, chupando, lamiendo, incluso dando un ligero apretón.

Yo no era virgen. Esa primera vez en la universidad había

sido hace mucho tiempo. Había aprendido bastante desde entonces, especialmente sobre mí misma. Era aventurera, segura en mi propia sexualidad, pero nunca antes había considerado dos hombres a la vez.

Hasta ahora. Hasta estos dos.

"¿Qué dices, Nat?"

Me sobresalté cuando sentí una zarpa carnosa en mi rodilla debajo de la mesa.

La aparté asustada, pero la acción solo separó mis piernas, lo cual dejó que Alan deslizara su propia pierna doblada entre ellas.

Mi mirada saltó a la suya y los ojos azules se habían oscurecido y el Director General dulce se había ido. En vez de eso ahí estaba un hombre que tenía interés. Deseo. Ambas cosas que eran completamente no recíprocas. Y me había llamado Nat. Nadie me llamaba Nat en el trabajo. Nunca. Dudaba que él quisiera ser llamado Al.

"¿Puedo traerles a los dos algunos bocadillos para empezar?", preguntó la mesera mientras se acercaba a la mesa, bloqueando mi retirada.

A pesar de que su rodilla solo estaba entre las mías y no más arriba, fue suficiente para darme escalofríos. Intentar juntar mis piernas otra vez era una tarea imposible; eso solo hizo que sus ojos se incendiaran y que la mesera pensara que tenía hormigas en los pantalones.

"Tráiganos las espinacas con salsa y otra ronda de bebidas". Alan levantó su whiskey en las rocas.

"Oh, no. Yo no quiero nada". Levanté mi mano, palmas afuera. "De hecho—"

"De hecho, traiga las alas picantes. Me gusta hacer las cosas con mis manos". Dándole a la mesera una sonrisa ancha, asintió, su sonrisa se quedó pegada, luego me miró a mí. La mirada que ofreció gritaba *¿Este chico es de verdad?* Quizás ella podía notar que yo no estaba interesada, y no solo en la sala. O en lo que Alan pudiera hacer con sus manos. Como si la idea de él comiendo alas fuese remotamente atractiva.

Suspiré de nuevo, desvié la mirada a los dos en el bar. Estaban hablando entre ellos—no tan cerca como si estuviesen *juntos* ahí—pero miraron en dirección a mí una vez más.

Alan se inclinó, lo cual hizo que llevara su rodilla hacia atrás. Cerré las piernas rápidamente y me deslicé más cerca al borde del asiento.

"Hablaremos de la mercancía", dijo él sorprendiéndome.

Fruncí el ceño. "¿Qué? ¿Quieres hablar de la línea nueva?"

Reed y Rose era una empresa pequeña de tiendas de lencería. Había sido comenzada por el suegro de Alan en los años sesenta. Ellos habían comenzado con una tienda en el centro pero había crecido desde entonces para incluir tres tiendas localmente. Yo había sido contratada como representante de ventas para llevar estos artículos—sujetadores de alta gama, bragas, batas y otras ropas interiores femeninas—a cadenas de tiendas con el plan de negocios de expandirse regionalmente y posiblemente nacionalmente.

Yo había tenido sugerencias para una nueva dirección en diseño, cambiando los artículos de un estilo formal y trousseau a una línea más sexy y sofisticada, pero había sido rechazada por Alan. Hasta ahora. Alcancé mi portafolio del asiento a mi lado.

"¿Quieres ver las pinturas del departamento de arte?" Había trabajado con ellos por meses y los otros equipos de diseñadores para traer esta nueva dirección. Era un esfuerzo grupal con el que todos estábamos emocionados, pero no había sido capaz de obtener tracción con los superiores para hacerlo posible.

Su mano aterrizó sobre la mía, paralizando mi

149

movimiento. Levanté mis ojos hacia los de él mientras sacaba mi mano debajo de la suya, vi por encima de su hombro que los ojos del Sr. Manos Grandes se estrecharon ante la acción.

"Este no es el lugar para sacar esos tipos de pinturas. ¿Cierto?"

Miré alrededor. El restaurante era de alta gama, pero no lujoso. Estaba en el primer piso de un hotel en el centro, conveniente para nuestros tragos con el cliente ya que estaba cerca de la oficina. Las presentaciones eran dibujadas a mano y de buen gusto, pero eran de lencería.

"En vez eso háblame de ellos".

Tomé un sorbo de mi agua, consideré su expresión seria. Él realmente parecía querer escuchar sobre lo que había estado trabajando, y presionando todos estos meses.

"Está bien, bueno…" Fui hacia los detalles sobre la línea, los sujetadores, las bragas a juego, los colores y las telas. Cuando comencé con la búsqueda demográfica y de mercadeo me cortó.

"¿Esto es algo que tú usarías?"

Me ruboricé ardientemente. Yo amaba la lencería. Esto era mi debilidad y la razón por la que había tomado el empleo en Reed y Rose en primer lugar. Mientras yo tenía los títulos y la experiencia laboral para la posición, tener una carrera en la industria que amaba era un privilegio definitivo. Siempre me había gustado tener cosas lindas y atractivas debajo de mi ropa de trabajo, pero eran para mi satisfacción—y posiblemente para el placer de un hombre al que le permitiera mirarlos—no para debatirlo.

La atención de Alan se movió hacia mi pecho y entonces supe que solo había escuchado mi seudo-presentación para poder cambiar de tema hacia mí y a lo que había debajo de mi apariencia profesional. Ya antes había lidiado con el sexismo. Acoso sexual como el de Alan que nunca cruzaba la línea. A pesar de que había tenido conversaciones con RH sobre él, sus palabras no habían sido suficientes para hacer mucho para cortarlo, especialmente porque la familia de su esposa era dueña de la empresa.

Yo nunca usaba ropa reveladora. Era cautelosa sobre eso, especialmente en la industria. Especialmente con Alan de jefe. Mi vestido era ajustado—yo era alta y delgada con solo curvas pequeñas—pero no ceñido. A pesar de que era sin mangas, era de cuello alto y caía a mis rodillas.

"Cualquier mujer profesional encontraría la línea atractiva", contesté neutralmente.

Alan se inclinó aún más, el aroma de su perfume y el whiskey de su aliento me tenía presionando hacia atrás al espaldar del asiento.

"¿Traes puesto el número de malla negra que describiste?"

Me salí del asiento, me puse de pie, agarré mi portafolio. Definitivamente *no* íbamos a hablar sobre mis bragas. "Disculpa. Necesito el baño".

Me escapé del restaurante sin mirar atrás, recostándome contra el lavabo del baño, mirándome fijamente en el espejo.

¿Yo quería esto? ¿Un jefe grosero que iba a reducir mi determinación constantemente? No es como que yo *alguna vez* iba a dormir con él, pero una queja formal en RH no iba a hacer mucho. Él no se iba a ir de la compañía. De ninguna manera. Era su palabra contra la mía, todo el tiempo.

Tenía que lidiar con ello o renunciar.

La fuerte iluminación por todo el espejo me tenía preguntándome por qué Alan estaba tan interesado en mí. Mi cabello era castaño claro. Tímido. Se enrollaba y en el aire húmedo se iba a todos lados. Yo lo controlaba llevándolo hacia atrás con un gancho, pero siempre lucía como si me hubiese arrastrado fuera de la cama. Mi labial se había ido desde hace rato, pero no me iba a retocar para Alan. Lo iba a notar y a tener una idea errónea.

Mi maquillaje era suave, no mucho podía ayudar a mis

ojos que eran anchos y demasiado grandes para el resto de mi cara. Mi boca demasiado grande. O eso pensaba. Y mi figura. Yo era de copa B pequeña; no suficiente escote, ni siquiera un puñado. ¿No estaría Alan más interesado en acosar a Mary de contaduría con sus grandes copas D?

Alisé mi vestido hacia abajo, tomé unas cuantas respiraciones profundas para fortalecerme.

Me detuve al dejar el baño. Me congelé, en realidad.

Ahí, recostados contra la pared estaban los dos bombones del bar.

"¿Estás bien?", preguntó el Sr. Manos Grandes. Me ojeó, pero no como un pervertido, sino con preocupación.

"Oh, um. Seguro", respondí, dándole una pequeña sonrisa.

"Yo soy Sam". Dirigió su cabeza hacia su amigo. "Él es Ashe".

"Hola", respondió Ashe.

Asentí, sin compartir mi nombre. Solo porque ellos estaban poniendo mis pezones duros y mis bragas húmedas no significaba que no era cuidadosa. Aunque nada sobre ellos estaba enviando banderas rojas en mi medidor de peligro. De hecho, era justo lo contrario.

"No pudimos evitar notar que tu cita y su errante—"

"Él no es mi cita", contesté cortándolo rápidamente. "Dios, no. Él es mi jefe".

Los dos fruncieron el ceño, estrecharon sus ojos. Sam era de unos seis pies, cabello oscuro, cejas espesas, mandíbula cuadrada afeitada. Su camisa blanca mostraba sus hombros anchos y físico bien musculoso. Ashe era unos pocos centímetros más alto, más delgado. Parecido a Matthew McConaughey con cabello castaño claro, de corte largo con una onda en este. Pómulos definidos y barba recortada. Los dos encajaban en cada una de mis cajas de "lo que me pone caliente". Era instantáneo, intenso y hacía que mi mente deambulara a lugares oscuros y ligeramente traviesos.

A pesar de que no éramos los únicos en el pasillo—otras pocas personas nos pasaban hacia los baños y el ruido de la zona principal de asientos era un recordatorio de que no estábamos lejos de los otros—yo sentí como si estábamos solos. Su atención estaba en mí, únicamente en mí.

"¿Jefe? ¿Y él te toca así?", preguntó Ashe. "A menos que lo desees, pero basado en tus reacciones, no parece que te guste".

"¿Él?" Me reí. "No, yo no lo deseo".

Los quiero a ustedes. A los dos con crema batida y una cereza arriba. Quizás solo la crema batida.

"Entonces márchate".

"Me encantaría escaparme, pero él *es* mi jefe y tendré que verlo mañana en la oficina. Y mi portafolio está en la mesa", añadí para finalizar, recordando de repente. Mierda.

"Suena como que es hora de comprar un portafolio nuevo", dijo Sam.

Sonreí, luego me reí. Ellos también sonrieron, como si compartiéramos un pequeño secreto. "Quizás. Haré mis excusas, aunque me gustaría que él considerara la línea de productos de la que hablamos".

Cuando los dos me miraron con expresiones de interés, agité mi mano a través del aire, dispersando mis comentarios. Estos dos no necesitaban escuchar sobre mi trabajo. "Estoy acostumbrada a esto. A él. Es nada".

"No es nada. *Tú* no eres nada".

Se me cayó la boca ante la vehemencia en el tono de Ashe y la forma en que Sam negó con la cabeza en acuerdo. "Oh, um, bueno, eso es dulce".

Realmente lo era.

"No siempre somos dulces". Las palabras de Sam fueron como una promesa, una oscura, y me moví en mis tacones, frotando mis muslos juntos. Solo podía imaginarme lo no dulce que él podía ser. ¿Susurrando palabras sucias en mi oído mientras sostenía mis caderas y me follaba desde atrás? ¿Enrollando sus dedos en mi cabello mientras sostenía mi rostro inmóvil para que pudiese follar mi boca? ¿Agarrar mis tobillos mientras los sostenía en sus hombros mientras se deslizaba hacia adentro y afuera de mi vagina con su pene grande?

Oh sí, no tenía ninguna duda de que ellos podían ser *no dulces*.

"Podemos darle una paliza por ti".

Ahora sí me reí al pensar en los dos arrastrando a Alan detrás del basurero del restaurante, aunque ellos no estaban sonriendo. Sofoqué el sonido. "Están hablando en serio".

Caballeros y ardientes.

Ashe se puso las manos en sus caderas, señaló con la cabeza hacia la parte principal del restaurante. "Asumo que estás acostumbrada al Sr. Manos Sobonas. Que este no es tu primer rodeo".

Puse los ojos en blanco. "No, no es mi primer rodeo y estoy acostumbrada a él. RH no puede hacer mucho y ahora que se fue el cliente, ahora esto es una cena para él. Una *cita*". Mis dedos hicieron el pequeño movimiento.

"Tú solo nos lo haces saber, dulzura, y nos podemos hacer cargo de tu jefe lascivo". *Dulce*.

"Eso es lo um, bueno, lo más lindo que he escuchado en bastante tiempo".

Lo era. Había estado en una racha sin citas por tanto tiempo que se me había olvidado lo que era un chico amable. Un chico amable o *dos*. Eran abiertos y honestos, sinceros y preparados para llevar a Alan y sus alas de pollo hacia afuera y enseñarle una cosa o dos. No había tenido a nadie que me defendiera desde hace mucho tiempo.

Y yo no había estado tan atraída, tan excitada por un hombre—dos hombres—desde…nunca. Calor instantáneo, atracción. Dios, la química era fuera de lo común y apenas habíamos intercambiado nombres. Y yo preferiría que se *hicieran cargo* de mí en vez de Alan.

"Podemos rescatarte si quieres", dijo Ashe. Noté que sus ojos no eran tan oscuros después de todo, más de un verde botella.

"¿De verdad?"

"Seguro. Solo danos una señal y te sacaremos de ahí", añadió él, tirando de su oreja como un entrenador de beisbol de tercera base.

Sonreí ante el movimiento y lo copié, cuidadosa de no arrancarme el arete. "¿Hago esto y ustedes me salvarán?"

"Esa canoa douche puede remar su propio bote".

No pude evitar reírme con las palabras de Ashe. De nuevo. Amaba la forma en que estaba molesto por mí, de que no era ni remotamente como Alan. "Es trabajo de su esposa hacerse cargo de ese bote, no mío".

"¿Casado? Dios, él es incluso peor de lo que pensé", gruñó Sam. "Cariño, tú no pareces del tipo de mujer que necesita ser salvada. Apuesto que puedes hacerte cargo por ti misma, pero ¿por qué deberías hacerlo? ¿Por qué deberías estar atrapada con ese imbécil solo porque es tu jefe? Ya ha pasado la hora. Es tu momento. Te has conseguido dos chicos grandes para ayudarte".

Ayudarte. Sí, podía pensar en varias formas en las que ellos podían ayudarme. Sus manos sobre mi cuerpo, descubriendo que estaba húmeda por los dos. No tenía ninguna duda de que ellos podían hacerme olvidar todo acerca de Alan con unos orgasmos increíbles. Pensamientos locos. Yo solo acababa de conocer a estos dos y estaba pensando en sexo con ellos. Pero la conexión, no podía entenderla, pero estaba atraída hacia ellos como un imán.

Bajé la mirada hacia el piso de madera, llevé mis manos por encima de mis muslos. ¿Cuándo las palmas de mis manos se habían puesto tan húmedas? Y hablando de humedad…mis bragas eran de seda delicada y no podían manejar a estos dos. Respiré profundo. Dios, ellos incluso olían bien. Jabón o madera o algo masculino. O, quizás, solo a hombre.

"Gracias. Yo, um...mejor me voy de aquí". Me pasé los pulgares sobre los hombros. No me quería ir. Quería quedarme aquí parada y disfrutar de su examen honesto, interés abierto y bueno, amabilidad. Oh, y solo seguir apreciando su belleza. Quería ver qué más tenían para decir, aprender más sobre ellos que solo sus nombres. Quería recorrer mis manos sobre sus cuerpos duros, aprender qué los hacía quedarse sin aliento, qué ponía los bultos en sus pantalones incluso más impresionantes.

Ashe tiró otra vez de su oreja, como para recordarme la señal. Como si a mí se me iba a olvidar, o la forma en que su cabello rozaba sus dedos. Me preguntaba si era suave y sedoso como lucía. Y entonces ahí estaba la sonrisa, el movimiento ligero de sus labios, la alegría. Pero también la seriedad. Una oreja levantada y yo sabía que él—ellos— estarían ahí para ayudarme.

"Un placer conocerte…"

"Natalie", terminé la oración de Ashe, recordando que no había compartido mi nombre, sonreí. "Un placer conocerlos a los dos también".

"Natalie", repitió Sam, como probando mi nombre en su lengua. Amaba el tono profundo de su voz, y me preguntaba si sonaría igual cuando lo pronunciara mientras me llenaba con su pene.

Tragué saliva, luego sonreí. Afortunadamente, el pasillo estaba lo suficientemente oscuro para esconder la forma en que me había sonrojado ante solo su tono.

Les di una última mirada a los dos, observando cada matiz. No solo eran condenadamente atractivos, sino que eran amables también. Incluso dulces, pero no me atrevía a llamarlos así. Y luego sus aromas me siguieron. Picante, selvático. Masculino. Respirarlos me puso caliente y mareada y excitada. Era como si ellos exudaban feromonas y yo las chupaba como si hubiese estado en una sequía. Lo cual tenía, una sequía sexual.

No había más razones para quedarse, y Alan ciertamente empezaría a preguntarse si me había caído o algo, así que me regresé a la mesa. Noté el nuevo trago de whiskey y las entradas enfrente de él. Estaba colocando un poco de salsa en un trozo de pan pita mientras me sentaba de nuevo.

"Ordené por ti".

Lo observé dar un gran mordisco, masticar. Un pedazo de espinaca se pegó a su labio. Agarró su whiskey, lo vació.

"No me voy a quedar". Enganché mi mano a una correa de mi portafolio.

"La noche es joven. Y tú también".

Arrugué mi nariz en disgusto. Mirando por encima de su hombro, vi a Ashe y a Sam de vuelta en el bar. Habían perdido sus asientos cuando estábamos en el pasillo, pero se habían recostado contra la superficie de madera donde podía verlos todavía. Ashe estaba hablando con el barman mientras Sam miraba en mi dirección. ¿Por qué yo seguía sentada con este perdedor cundo podía estar con ellos?

"Tengo una clase de entrenamiento temprano". Me puse de pie una vez más, deslizando mi portafolio por todo el asiento. Su mano se instaló sobre mi muslo mientras lo miraba.

"Justo como pensé. Bien tonificados".

Y habíamos terminado.

Estaba perfectamente a salvo en el restaurante. Podía pegarle en la cabeza a Alan con mi portafolio. A pesar de que puede que la computadora portátil no sobreviviera, valdría la pena el sacrificio para tocar su tonta campana. Podía gritar y no era como si estaba en un callejón oscuro. Un restaurante lleno de personas era seguro. Incluso podía marcharme. Pero no quería hacer nada de eso. Quería a Ashe y a Sam, así que levanté mi mano derecha a mi oreja, le di un pequeño tirón.

A pesar de que solo acababa de conocer a los hombres, y en el baño de pasillo del restaurante y nada más, sabía que ellos vendrían hacia mí. Me rescatarían. Se harían cargo de mí.

Yo *lo sabía*. ¿Cómo? No tenía idea. Solo sabía que lo harían. Y se sintió jodidamente bien.

¡RECIBE UN LIBRO GRATIS!

Únete a mi lista de correo electrónico para ser el primero en saber de las nuevas publicaciones, libros gratis, precios especiales y otros premios de la autora.

http://vanessavaleauthor.com/v/ed

ACERCA DE LA AUTORA

Vanessa Vale es la autora más cotizada de *USA Today*, con más de 50 libros y novelas románticas sensuales, incluyendo su popular serie romántica "Bridgewater" y otros romances que involucran chicos malos sin remordimientos, que no solo se enamoran, sino que lo hacen profundamente. Cuando no escribe, Vanessa saborea las locuras de criar dos niños y averiguando cuántos almuerzos se pueden preparar en una olla a presión. A pesar de no ser muy buena con las redes sociales como lo es con sus hijos, adora interactuar con sus lectores.

Facebook: https://www.facebook.com/vanessavaleauthor/
Instagram:
https://www.instagram.com/vanessa_vale_author

CPSIA information can be obtained
at www.ICGtesting.com
Printed in the USA
BVHW042022050319
541720BV00017B/143/P

9 781795 900850